AF401186

Dᵣ Henri LAISNEY

✳✳✳✳✳✳ CONTRIBUTION A L'ÉTUDE DES EXOSTOSES MULTIPLES ✳✳✳✳✳✳✳✳

PARIS

C. NAUD, ÉDITEUR

3, RUE RACINE, 3

1903

Dr Henri LAISNEY

✳✳✳✳✳✳ CONTRIBUTION A L'ÉTUDE DES EXOSTOSES MULTIPLES ✳✳✳✳✳✳✳✳

PARIS

C. NAUD, ÉDITEUR

3, RUE RACINE, 3

—

1903

A MES PARENTS

A MES AMIS

A MES MAITRES DANS LES HOPITAUX

A MONSIEUR LE DOCTEUR P.-E. LAUNOIS

PROFESSEUR AGRÉGÉ A LA FACULTÉ DE MÉDECINE
MÉDECIN DES HOPITAUX

A MON PRÉSIDENT DE THÈSE

MONSIEUR LE PROFESSEUR KIRMISSON

MEMBRE DE L'ACADÉMIE DE MÉDECINE

PROFESSEUR DE CLINIQUE CHIRURGICALE INFANTILE A LA FACULTÉ DE MÉDECINE

CHIRURGIEN DE L'HOPITAL TROUSSEAU

CHEVALIER DE LA LÉGION D'HONNEUR

PRÉFACE

—

Au début de ce travail, nous adressons nos remerciements à nos maîtres dans les hôpitaux de Paris :

MM. les P^rs CORNIL, GUYON, BUDIN, POZZI, MM. les P^rs agrégés MICHAUX, CHAUFFARD, LETULLE.

Nous tenons à exprimer ici tout particulièrement à notre Maître M. le P^r agrégé P. E. LAUNOIS notre bien vive reconnaissance. Nous avons acquis beaucoup dans son service par les cliniques si instructives que nous y avons suivies. Nous sommes heureux de pouvoir, en lui dédiant notre thèse, le remercier aujourd'hui de son appui, de ses conseils et de tout ce qu'il a fait pour nous, au cours de nos études.

Nous prions M. le Dr Albert WEIL qui a bien voulu nous faciliter la reproduction de l'une de ses radiographies, d'agréer l'expression de notre gratitude.

AVANT-PROPOS

—

Fréquentant depuis deux ans l'hôpital Tenon, nous avons, sur les conseils de notre maître P. E. Launois étudié plus particulièrement un tuberculeux, porteur d'exostoses multiples disséminées sur les différentes régions du squelette. Son étude a été le point de départ de nos recherches bibliographiques.

Si Brun, en 1893, avait reconnu que des liens étroits peuvent exister entre la tuberculose et les néoformations osseuses d'origine périostique, c'est à Latour (1900) qu'appartient le mérite d'avoir rassemblé toutes les données du curieux problème des exostoses infectieuses.

Désireux d'aborder, à notre tour, l'étude des exostoses apparaissant et évoluant au cours de la tuberculose chronique, nous avons ordonné notre modeste travail de la façon suivante :

Le premier chapitre résume les données acquises aujourd'hui sur l'histologie et la physiologie du périoste.

L'activité formatrice du périoste, qui diminue et même disparaît chez l'adulte peut être ravivée par certaines influences morbides, en particulier par les toxines microbiennes. La membrane réagit en formant des exo stoses ainsi que cela s'observe, plus particulièrement dans la tuberculose.

L'étude clinique de ces néoformations osseuses, faite par les méthodes habituelles d'exploration et par la radiographie, la recherche du mécanisme intime de leur production formeront l'objet des autres chapitres.

CHAPITRE PREMIER

CONSIDÉRATIONS GÉNÉRALES SUR LE PÉRIOSTE

§ Ier. HISTOLOGIE DU PÉRIOSTE.

Le périoste, membrane extensible, vasculaire, plus ou moins transparente, légèrement brillante, d'un blanc jaunâtre, recouvre toute la surface extérieure des os : il fait seulement défaut au niveau des points revêtus de cartilage. Ses aspects varient suivant les régions et suivant aussi les rapports qu'il affecte avec les parties voisines. Tantôt il est épais, opaque comme les tendons, dans les endroits où il est peu protégé par les tissus sus-jacents ; tantôt il est mince, transparent, là où les fibres musculaires s'insèrent directement sur lui, sur la diaphyse des os et dans tous les points où les masses musculaires lui forment un revêtement protecteur. Tantôt enfin il est intimement uni et confondu avec le tissu conjonctif des muqueuses qui vient directement à son contact.

L'adhérence du périoste à l'os qu'il recouvre varie suivant sa propre épaisseur, suivant l'abondance des fibres (fibres de Sharpey) qui les unissent l'un à l'autre, suivant enfin que l'os présente une surface plus ou moins plane et régulière. L'adhérence est toujours plus intime quand la surface de l'os est parsemée d'aspérités et de crêtes.

Le périoste, chez l'animal adulte, est formé de deux couches en réalité assez mal délimitées l'une de l'autre.

La couche externe, constituée par des faisceaux conjonctifs serrés, à orientation variable, en général parallèle à l'axe des os, renferme aussi des cellules conjonctives et des formations élastiques.

Dans cette couche conjonctive circulent les vaisseaux et les nerfs, anastomosés sous forme de plexus à mailles plus ou moins serrées. Les vaisseaux du périoste communiquent largement avec l'os sous-jacent.

La couche profonde, constituée par la réunion d'éléments conjonctifs et élastiques, renferme de plus des cellules. Celles-ci varient de nombre, de volume aux différents âges. Rares chez l'animal adulte, elles sont très abondantes chez l'animal jeune. Chez lui, elles constituent une nappe plus ou moins continue à laquelle on avait donné autrefois le nom de blastème sous-périostal et qui est appelée depuis Ollier couche ostéogène.

§ 2. FONCTIONS PHYSIOLOGIQUES DU PÉRIOSTE

A. *Pendant le développement.*

a. **Chez l'embryon.** — Les recherches de Retterer (1884-1885) faites sur des embryons de moutons et de porcs, nous ont appris les origines du périoste et nous ont permis de comprendre en particulier son histogénèse.

Sur des coupes de moignons, faites chez des embryons mesurant 2 centimètres, on peut constater tout d'abord que le périchondre (qui sera plus tard le périoste) n'existe pas à proprement parler dans les noyaux cartilagineux qui apparaissent dans le tissu mésodermique embryonnaire. Ces nodules cartilagineux déjà parfaitement visibles chez l'embryon du porc mesurant 3 centimètres ne sont autres que les indices des os définitifs.

A mesure que l'embryon se développe, le tissu conjonctif entoure le cartilage en voie de formation d'un semblant de membrane qui se différencie des tissus voisins sous l'aspect d'une bande foncée.

Le périchondre est constitué.

Sur un embryon de porc de 7 centimètres il est possible de détailler la structure de ce périchondre qui apparaît alors formé de deux couches :

L'une externe, épaisse de $0^{mm},06$ à $0^{mm},08$ est d'aspect fasciculé, tel le tissu mésodermique au sein duquel est né le nodule cartilagineux : éléments cellulaires fusiformes à grand diamètre parallèle à l'axe du membre : c'est la couche périchondrale.

L'autre couche, la plus profonde, présente des cellules arrondies, polyédriques, à gros noyau. Elle se colore énergiquement par les matières tinctoriales ; c'est la couche chondrogène, car c'est elle qui donne naissance au cartilage hyalin sous-jacent, par division et multiplication continuelle de ses cellules.

b. **Chez le fœtus et l'enfant.** — Plus tard le périchondre devient périoste. On remarque en effet sur des fœtus déjà plus grands, qu'au niveau de la diaphyse des os, le péri-

chondre et le périoste se continuent sans aucune modifi-
cation de structure.

Outre sa couche externe, fasciculée, le périoste présente alors une couche interne déjà décrite en 1865 par
Ollier :

On y trouve un tissu formé d'une substance intercellulaire plus ou moins apparente, granuleuse ou fibroïde,
englobant des éléments qui figurent des cellules ovales ou
fusiformes.

La plupart n'ont qu'un noyau, mais on en trouve un
certain nombre en voie de prolifération. Quelques-unes
même, les plus rapprochées de l'os (on les voit surtout
chez les très jeunes sujets) ont tout à fait l'aspect des
cellules à noyaux multiples de la moelle. C'est le blasto-
dème d'ossification de Kölliker, la couche de prolifération
du périoste de Wirchow, la couche ostéogène d'Ollier.

Pour bien apprécier le rôle du périoste, il est utile de
rappeler l'opinion que s'en étaient faite les anciens anato-
mistes et physiologistes.

Pour Clopton Havers (1734) et ses contemporains, le
périoste donnait à l'os sa sensibilité en même temps qu'il
limitait son accroissement.

« Il est, dit Bichat, une espèce de limite qui circonscrit
« dans ses bornes naturelles les progrès de l'ossification
« et l'empêche de se livrer à d'irrégulières aberrations. »

C'est Du Hamel (1740) qui émit sur la fonction
périostale les premières idées justes, et vraiment scienti-
fiques. Nous rapporterons plus loin les résultats de ses
recherches et les conclusions qu'il en déduisit.

Les données rassemblées par Du Hamel, combattues

par Troja (1775) et Bichat, sont par contre corroborées par les recherches de Dupuytren (1812). Mais jusqu'en 1838, le périoste demeure pour la plupart des observateurs, une membrane de contention de l'os et un point d'appui pour le système fibreux qui s'y insère.

A cette époque, en France, Flourens poursuit de nouvelles recherches, confirmant les résultats de Du Hamel, et chez nos voisins Heine, Ried, Wagner, Brullé, Hugueny cherchent, de leur côté, à élucider le problème. Mais une opinion, si fondée qu'elle soit, n'est jamais admise sans contestation et voici que J. Wolf, Eberth, Strelzoff, Wolkmann combattent à leur tour la nouvelle théorie.

Il faut arriver jusqu'à Ollier (1867) pour posséder des conclusions définitives : au professeur de Lyon appartient le mérite d'avoir posé d'une façon précise les bases du problème de l'ossification périostique.

Il n'est pas sans intérêt de rapprocher, en les résumant, les expériences qui ont été faites successivement par Du Hamel, Flourens et Ollier.

Du Hamel, poursuivant le mécanisme de formation du col dans la réparation des fractures, fait une série de recherches consignées dans les *Bulletins de l'Académie* de 1741 à 1743 ; on peut les résumer de la façon suivante :

Tout d'abord, il produit spontanément sur des pigeons des fractures de l'os du pilon ; puis de deux en deux jours, il sacrifie ces animaux et examine les phénomènes de réfection osseuse au niveau du point traumatisé.

Il constate que le périoste s'épaissit, formant une virole de réunion entre les deux fragments ;

Que le manchon ainsi néoformé devient du cartilage ;

Qu'il se produit un dépôt calcaire envahissant le manchon.

Du Hamel confie d'ailleurs ces observations dans une lettre qu'il envoie à Bonnet : « Il se produirait, lui « dit-il, entre le périoste et l'os une substance particu- « lière qui peu à peu prendrait de la consistance, « deviendrait d'abord du cartilage et ensuite de l'os. »

Il entrevit donc l'hyperactivité de la couche ostéogène ; il lui était impossible d'en préciser les détails, ses moyens d'investigation n'étant pas suffisants.

Ces premiers résultats ne pouvaient pas satisfaire l'esprit d'observation du savant ingénieur-agriculteur. Il se remet à l'œuvre et opère sur des cochons de six semaines à deux mois ; s'inspirant des remarques qui avaient été faites par un teinturier, il mêle tous les jours à leurs aliments pendant des périodes d'un mois une once de garance. Il supprime la garance pendant le même laps de temps, en rend à nouveau, et ainsi à plusieurs reprises.

Après avoir sacrifié ses animaux, il fait des coupes de leurs os et constate sur la surface de section, la présence de zones circulaires alternativement rouges et blanches, en rapport avec l'absorption ou la non absorption de la matière colorante.

Flourens reprend les expériences, les multiplie et les varie. Il a l'idée d'entourer divers os longs d'anneaux en fil de platine, prenant soin de les intercaler entre le périoste et l'os. Au bout d'un certain temps il sacrifie ses animaux en expérience et constate que l'os ayant continué de s'accroître aux dépens du périoste, les viroles

métalliques sont recouvertes de couches osseuses plus ou
moins épaissies.

Les nouvelles couches se forment extérieurement à
l'anneau par plans successifs.

L'os croît donc en épaisseur et par couches super-
posées.

« Le périoste, pour Ollier, forme du tissu osseux par
lui-même : cette propriété ostéogénique est inhérente à
son tissu, il l'emporte partout avec lui et ne l'emprunte
pas aux tissus qui l'entourent. » Telle est l'affirmation
que le savant chirurgien s'efforce de démontrer.

1° Sur un jeune lapin, on découvre un lambeau de
périoste. On enroule le lambeau autour des muscles de
la jambe et on le fixe par un point de suture. Au bout de
quelques jours, ce périoste s'ossifie et forme un cercle
osseux de la largeur du lambeau détaché du tibia.

2° Mais, pourrait-on objecter, l'ossification pourrait
venir dans le cas particulier par l'intermédiaire de l'os
lui-même.

Pour réfuter cette supposition, il transporte à distance
le lambeau périostique. Après l'avoir détaché entièrement
du tibia, il l'insinue sous la peau du crâne d'un lapin. Il
obtient alors un fragment osseux de la forme et de la
dimension du lambeau transplanté. Ces os hétérotopiques
sont constitués véritablement de tissu osseux. Ils passent
par une période cartilagineuse et se creusent au bout d'un
certain temps de vacuoles médullaires et finalement d'un
canal central.

3° « Le périoste produit de l'os par la prolifération et
la multiplication des cellules plasmatiques de sa face pro-

fonde. Ces cellules se multiplient, la substance intercellulaire se sclérotise, est envahie ensuite par les sels calcaires ; les ostéoplastes se forment et se dessinent, et l'ossification est effectuée. »

Et pour le prouver, Ollier racle la face interne du périoste et transplante à distance le produit de raclage, et chaque particule de ce tissu donne naissance à de l'os.

Tous les tissus de la substance conjonctive peuvent il est vrai s'ossifier : les tendons, la plèvre, le péricarde, la dure-mère, la peau, les artères, les muscles peuvent acquérir cette propriété. C'est là un fait d'observation quotidienne. Mais ce sont des cas particuliers où ces tissus, subissant une irritation spéciale, s'attribuent une fonction qui ne leur est pas dévolue.

L'ossification est au contraire un fait normal et régulier pour le périoste. Ses cellules ressemblent cependant à beaucoup d'autres cellules de l'économie : elles n'ont rien qui les en distinguent, mais elles ont pour ainsi dire une spécificité physiologique.

B. Après le développement.

Chez l'adulte et le vieillard. — Dans l'âge adulte et la vieillesse, les propriétés ostéogéniques du périoste diminuent et cessent même complètement à l'état normal. Nous pouvons voir, en effet, que la couche interne ne présente plus comme chez l'enfant des cellules embryonnaires, en voie de prolifération, et la première description histologique que nous avons donnée au début de notre travail nous montre le périoste devenu stérile, inactif, ayant épuisé son activité normale.

Est-ce dire pour cela qu'il lui est impossible de la récupérer? Non, l'expérience journalière nous prouve le contraire dans la formation des cals. Mais quelle est donc la cause de cette nouvelle activité ostéogénique? C'est l'irritation.

Nous savons qu'en irritant certains tissus, conjonctif, épithélial, on produit une augmentation de nombre et de volume des éléments, et on amène secondairement des modifications dans l'aspect et la masse des tissus. Si l'irritation s'exerce sur un tissu ayant tendance à s'ossifier, elle activera notablement cette ossification.

C'est encore à Ollier que nous devons la preuve de ce fait. Il irrite à l'aide d'un poinçon le périoste d'animaux déjà âgés, et il constate que ce périoste s'épaissit, que la couche ostéogène se réforme, que l'os reprend en un mot les propriétés qu'il avait dans le jeune âge.

Et nous assisterons alors à des ossifications sous-périostiques de nouvelle formation, sous l'aspect de couches lamellaires engainantes, d'exostoses saillantes ou d'ostéophytes disséminés qui peuvent par leur nombre ou leur extension augmenter considérablement le volume de l'os sous-jacent.

Ces données de physiologie normale étant posées, il nous faut rechercher si le périoste irrité sous l'influence de causes pathologiques infectieuses, réagira de la même façon, en produisant çà et là, sur différents points du squelette des néo-productions osseuses, des exostoses multiples.

CHAPITRE II

DES CAUSES PATHOLOGIQUES QUI PEUVENT IRRITER LE PÉRIOSTE

Dans les os longs, le cartilage de conjugaison est, comme le périoste, un centre d'ossification. Mais au lieu de coopérer à la formation de l'os en épaisseur, il contribue par son activité à l'allongement en longueur. Ce second mode d'ossification, qu'on a appelée enchondrale, pour la distinguer de l'ossification périostique, ne nous retiendra que fort peu.

Cependant, au niveau du cartilage de conjugaison, le périoste semble beaucoup plus actif que dans les autres portions de l'os ; il est susceptible, en ce point, de donner naissance à des productions osseuses particulières : les exostoses de croissance.

Ne désirant pas aborder leur étude, nous nous contenterons d'emprunter à Poncet la définition qu'il en donne et dans laquelle se trouvent résumés avec précision leurs caractères distinctifs.

Pour cet auteur « l'exostose de croissance est une pro-
« duction osseuse développée sur le squelette au moment
« de la croissance, qui est presque toujours héréditaire,
« soit qu'il s'agisse d'une hérédité hétéromorphe (autres

« malformations congénitales) (Keinicke), soit qu'il
« s'agisse d'une hérédité similaire, qui est une dystrophie
« régulière en ce sens que le squelette perd en longueur
« ce qu'il gagne en néoformations (Bessel-Hagen, Rubins-
« tein), et qui au point de vue histologique est constituée
« par du tissu osseux identique à l'os normal, développé
« au dépens d'un cartilage qui lui est propre. »

En dehors du processus actif qui évolue normalement
au moment de la croissance, nous retrouvons d'autres
influences susceptibles d'agir sur le périoste, de provoquer
sur sa couche ostéogène une action irritative et de déterminer, par ce fait même, la production de néoformations
osseuses (d'exostoses inflammatoires). Celles-ci doivent être
distinguées, en raison même de leur évolution, de celles
qui peuvent se développer à la suite d'un traumatisme ; on
peut leur donner le nom d'*exostoses infectieuses* et réserver
aux secondes la dénomination d'*exostoses traumatiques*.

Les exostoses infectieuses s'observent dans les maladies aiguës et dans les maladies chroniques.

Exostoses des infections aiguës

Parmi les maladies infectieuses aiguës susceptibles de
provoquer la formation d'exostoses, la première place
appartient à la fièvre typhoïde : les exostoses sont rarement multiples.

« L'infection typhique donne aux os, surtout aux os
« qui sont en voie d'accroissement, une suractivité qui se
« traduit anatomiquement par une prolifération exagérée

« de la moelle de l'os et de la couche sous-périosti-
« que... Le bacille typhique semblerait tout d'abord
« infecter la moelle, et le périoste consécutivement »
(Dieulafoy).

L'exostose typhique peut acquérir les dimensions
d'une noix, d'une orange ; il n'est pas rare d'ailleurs de la
voir s'accompagner de suppuration.

Si on passe en revue les infections aiguës susceptibles
de réveiller l'activité périostique, on constate encore que
la variole peut provoquer, rarement il est vrai, la formation non d'exostoses véritables, mais plutôt d'hyperostoses.

On doit signaler encore, à titre documentaire, les
exostoses produites par le scorbut et relatées par Le Clerc
dans son Traité des maladies des os en 1706, par Petit
en 1735.

Infections chroniques

La syphilis et la tuberculose sont, parmi les infections
chroniques, celles dans lesquelles s'observent le plus fréquemment les productions osseuses d'origine périostique.

Les anciens cliniciens avaient constaté cette influence
étiologique, et parmi les travaux les plus complets de
l'école française, nous citerons ceux de Verduc (1701),
de Le Clerc, de Petit, de Boyer, de Ribell, etc., etc.

Syphilis. — Il serait fastidieux d'énumérer tous les
mémoires consacrés à préciser le rôle de la syphilis dans
la production des exostoses d'origine périostique. Il résulte
de nos recherches bibliographiques que les observations
anciennes concordent pleinement avec les observations

modernes et que toutes plaident en faveur de l'infection
du périoste par le virus spécifique. La pathogénie et la
description de ces altérations sont aujourd'hui assez con-
nues pour qu'il n'y ait pas lieu de les décrire longuement
ici. Si nous rappelons brièvement quelques-uns de leurs
caractères, c'est que nous aurons à les opposer à la variété
qui fait l'objet principal de notre description. Plus fréquentes aux os du crâne, à la face interne du tibia et du
cubitus, à la clavicule, au sternum, ces exostoses sont le
plus souvent hémisphériques, globuleuses, mamelonnées,
sessiles, à large base d'implantation, douloureuses. Les
sensations pénibles, localisées, auxquelles elles donnent
lieu, s'accompagnent parfois de douleurs généralisées
(douleurs ostéocopes).

Le traitement mercuriel est aussi un excellent moyen
pour dépister leur véritable nature, il constitue la pierre
de touche du diagnostic.

De nombreuses observations, parmi lesquelles nous
signalerons plus particulièrement celles de Bontemps,
Berger, Trélat, Royer, Lapasset, Lancereaux, Michel, ont
permis d'en faire une description très documentée. Surtout fréquentes à la période tertiaire de la syphilis acquise,
elles peuvent être une manifestation de la syphilis héréditaire et s'observer dans le jeune âge.

Tuberculose. — On tend actuellement à attribuer
une large part à la tuberculose dans la production des
exostoses d'origine périostique. Les faits qui militent en
faveur de cette pathogénie ont été, pour la première fois,
rassemblés par Brun (1892). Depuis la publication de
son travail, nombre d'observations et de mémoires ont

été consacrés à cet intéressant problème étiologique que nous nous proposons d'aborder à notre tour.

Les infections localisées chroniques des os (ostéomyélites chroniques) que nous apprirent à connaître les savantes recherches des P^{rs} Lannelongue et Kirmisson, s'accompagnent souvent d'hyperostoses étendues ou partielles que Gerdy avait appelées hyperostoses exostosantes.

Diathèses

Parmi les états que l'on considère aujourd'hui comme diathésiques, il en est un, l'arthritisme ou herpétisme, qui s'accompagne assez fréquemment de modifications osseuses et périostiques.

Rhumatisme. — Parmi les manifestations habituelles du rhumatisme chronique, il en est une qui siège sur les os, tantôt, et c'est le cas le plus fréquent, au niveau de leurs extrémités, tantôt en des points différents du corps de l'os. Des observations fort probantes ont été recueillies par Levassort (1881), par Royer (1892).

Des constatations du même genre ont été faites dans le rhumatisme articulaire aigu. Eberth cite un cas d'exostoses consécutives à une arthrite rhumatismale.

H. Arnold en rapporte un autre survenant au cours d'une attaque de rhumatisme articulaire aigu.

Chaboux relate le fait d'un malade chez lequel un long accès de rhumatisme polyarticulaire aurait déterminé l'apparition de nombreuses exostoses. Le grand-père et le père étaient rhumatisants. On pouvait compter une quarantaine de tumeurs osseuses sur le malade et 3o environ sur son père.

L'arthrite sèche, elle aussi, a été incriminée dans l'étiologie exostosique. Pangeun dans sa thèse signale à l'autopsie d'un individu porteur d'une arthrite sèche manifeste, la présence d'ostéophytes nombreux sur les condyles du fémur. Trois plus volumineux que les autres étaient implantés sur la face antérieure de la rotule. — Kirmisson a rencontré des exostoses des corps vertébraux chez les vieillards.

Nombre d'observateurs regardent les exostoses comme des troubles trophiques d'origine nerveuse. Tordeus, par exemple, s'appuyant non seulement sur la multiplicité des altérations observées dans certains cas, mais surtout sur la symétrie qui préside à leur distribution, incrimine une influence nerveuse. « Selon moi, dit-il, cette affec-
« tion serait liée à un trouble trophique consécutif à une
« lésion non encore définie du système nerveux ; sans
« doute, je ne puis m'appuyer, pour défendre cette opi-
« nion sur aucune expérience, ni même sur les données
« de l'anatomie pathologique. Mais certains faits cliniques
« bien connus tendent à établir qu'il existe réellement un
« rapport entre les lésions des os et certaines altérations
« du système nerveux. »

La paralysie spinale infantile, qui s'accompagne presque invariablement d'atrophie des os, serait susceptible de donner naissance à des hyperostoses localisées.

Charcot, de son côté, a constaté à maintes reprises qu'il existe un rapport entre la nutrition du système osseux et certaines altérations des centres nerveux.

« Il est donc permis de croire à l'influence du système
« nerveux sur la production des exostoses multiples et
« peut-être même de localiser le siège du processus pa-
« thologique dans la substance grise des cornes anté-
« rieures de la moelle. C'est là, en effet, d'après Erle,
« que se trouve le centre qui préside aux troubles tro-
« phiques du système osseux » (Tordeus).

Bricon et Dauge ont, il y a longtemps déjà, relaté un cas
d'exostoses multiples avec hérédité alcoolique et nerveuse.

Déjerine a, de son côté, signalé chez un malade de
Bicêtre l'existence d'une exostose diagnostiquée non syphilitique par Ricord.

Parmi les altérations du squelette qui sont sous la
dépendance de la syringomyélie, il est possible de rencon-
trer des exostoses plus ou moins volumineuses. Le malade
qui a servi à notre étude, pourrait jusqu'à un certain
point fournir un argument nouveau à ceux qui sont par-
tisans de la théorie nerveuse.

Pour être complet, nous signalerons encore les exostoses qu'on observe au cours de la grossesse.

Ducrest et Alexis Moreau (1844) trouvent 132 fois
des exostoses sur les crânes de 320 femmes mortes en
couches. Le fait est intéressant.

On a cherché à élucider expérimentalement le problème pathogénique, en ce qui concerne tout au moins
le mode de formation de certaines exostoses. Parmi les
différentes expériences, nous ne retiendrons que celles
qui sont dues à L. Dor de Lyon et qui ont eu pour but de
reproduire des lésions périostiques, à l'aide d'inoculations
intraveineuses, chez des lapins.

Le liquide inoculé provenait de cultures faites à l'aide de germes recueillis chez une femme atteinte d'un abcès périostal. Le pus de l'abcès renfermait un bacille spécial, le *bacillus cereus citreus*.

L'expérimentateur a obtenu dans un cas une périostite albumineuse, dans un autre une hyperostose, et enfin sur un troisième sujet une exostose volumineuse.

Sur une coupe longitudinale de cette exostose, colorée par la méthode de Gram, on reconnut nettement la présence de nombreux bacilles disséminés dans le tissu osseux. Il s'agissait donc bien d'une exostose infectieuse. De plus, elle s'est développée au dépens du périoste irrité expérimentalement, car l'ossification du cartilage de conjugaison était close depuis longtemps.

CHAPITRE III

EXOSTOSES MULTIPLES ET TUBERCULOSE

Des recherches bibliographiques que nous avons faites, il résulte que jusqu'à ces dernières années les différents auteurs qui ont étudié ou décrit les exostoses, ont cherché à établir une démarcation bien tranchée entre les exostoses dites ostéogéniques, idiopathiques, de développement, de croissance et les exostoses autogéniques, symptomatiques, inflammatoires, ou infectieuses. Mais il s'en faut que ces deux variétés de néoformations osseuses soient toujours bien nettement différenciées dans leurs écrits.

Il nous a paru que dans nombre de cas, les exostoses ostéogéniques elles-mêmes peuvent apparaître et évoluer sous l'influence d'une cause générale, diathésique ou même infectieuse. Cette remarque que nous ne craignons pas de faire, sera peut-être reprise un jour par d'autres observateurs et défendue par eux avec plus de compétence.

La même constatation avait été faite par Auvray et Guillain dans un récent mémoire sur les exostoses ostéogéniques multiples (mai 1901).

Faisant la critique de la théorie défendue par Poncet, ces auteurs tendent à nous montrer que le diagnostic entre les deux catégories d'exostoses n'est pas toujours aussi simple qu'on pourrait le croire.

Poncet se fonde surtout sur l'anatomie pathologique pour faire la distinction. D'après lui, dans les exostoses inflammatoires, le tissu osseux présenterait des traces d'ostéite évidente.

Il est incontestable, disent Auvray et Guillain, que les exostoses survenant au cours ou au déclin d'une maladie infectieuse, ont, de par leur évolution clinique, de par leur anatomie pathologique, une autonomie en nosographie : elles doivent être distinguées nettement des exostoses ostéogéniques survenant sans cause apparente, souvent pendant le développement du squelette ; mais les exostoses ostéogéniques sont-elles toujours une manifestation tératologique sans rapport aucun avec l'infection ou l'intoxication ? Beaucoup d'auteurs ne partagent pas cette opinion.

Sans sortir des limites que nous nous sommes imposées, nous revenons à notre sujet en exposant brièvement les opinions qui ont été formulées par nos devanciers sur les rapports qui unissent certaines variétés d'exostoses à la tuberculose.

Brun a rapporté cinq observations d'exostoses coïncidant avec des manifestations tuberculeuses et insiste sur les relations qui unissent l'affection morbide à l'infection bacillaire.

En Allemagne, Heyman publie un cas des plus démonstratifs et aussi remarquable au point de vue de l'infection qu'à celui de l'hérédité : nous en donnons plus loin le résumé.

Mais l'opinion qui rattache la production de certaines néoformations osseuses à l'infection par le bacille de Koch est à peine émise qu'elle est déjà battue en brèche plus particulièrement par Royer : « La tuberculose, écrit-il, est si répandue à notre époque, qu'il n'y a pas lieu d'attacher une grande importance aux coïncidences, si frappantes soient-elles, qu'elle présente. »

De nouvelles observations viennent plaider en faveur de l'opinion de Brun. Pasteau (1894) relate un cas d'exostose de l'extrémité inférieure du fémur en connexion avec une ostéo-arthrite tuberculeuse du genou.

Lejars traitant des exostoses de croissance dans ses Leçons de Chirurgie, signale vers la même époque la coexistence assez fréquente des deux affections. L'infection par le bacille de Koch soit chez le malade lui-même, soit chez ses ascendants directs ou ses collatéraux a été notée trop souvent pour qu'il faille admettre autre chose qu'une coïncidence fortuite.

La même année, Cottet et Morestin présentent à la société anatomique un malade atteint de tuberculose pulmonaire et concurremment d'exostoses multiples du fémur, du péroné et du tibia.

Mais personne n'avait osé jusqu'alors incriminer la tuberculose comme facteur certain dans l'éclosion des exostoses de développement. Les cas précédemment publiés semblaient être une simple coïncidence à laquelle leur auteur lui-même n'attachait que peu d'importance. Les antécédents héréditaires ou personnnels étaient d'ailleurs à peine signalés dans la plupart des communications.

Poumeau (Les exostoses de développement considérées dans leurs rapports avec la tuberculose) réunit les faits parus jusqu'en 1895 ; il aborde hardiment le problème pathogénique, établit l'influence évidente de la tuberculose dans la néoformation osseuse, mais a surtout en vue certaines exostoses de développement.

Il assemble dans un même cadre nosologique : exostoses uniques, exostoses multiples, combattant ainsi les idées de Lapasset. Il s'appuie sur les remarques de Broca en rattachant les unes et les autres à une cause générale.

Charon (1896) à Bruxelles, Lavassort (1900), Reboul recueillent à leur tour des cas où la bacillose évolue en même temps que des lésions osseuses.

Les observations publiées par Auvray et Guillain dans les *Archives générales de médecine* sont à rapprocher de celles des auteurs précédents. La seconde surtout que nous reproduisons à la fin de cet ouvrage est essentiellement instructive.

Tout récemment enfin (1902), Mailland fait paraître dans la *Revue de Chirurgie* un travail des plus intéressants sur le sujet qui nous occupe. Il fait une division clinique entre les productions exostosiques développées au voisinage d'une ostéite bacillaire et les exostoses que l'on rencontre sur des squelettes de tuberculeux, n'ayant présenté antérieurement aucune lésion osseuse. Il étudie l'anatomie pathologique de ces tumeurs, qu'il trouve absolument identique dans les deux cas. Puis il termine par un essai sur la pathogénie des exostoses tuberculeuses.

La même année, P. E. Launois et Roy apportent une observation non moins importante. Le malade qu'ils présentent et qu'il nous a été donné de revoir dernièrement est porteur d'exostoses multiples qui ont suppuré, amenant la résorption de plusieurs phalanges. C'est un tuberculeux chez lequel on trouve par surcroît des troubles du système nerveux tels, qu'on fut amené au début à incriminer la syringomyélie.

Le travail inséré dans le *Bulletin de la Société de Pédiatrie* (1902), par Lenglet et Mantoux apporte le dernier appoint au sujet qui nous intéresse.

Les données que nous avons recueillies dans la littérature médicale, les malades que nous avons observés, vont nous permettre tout au moins d'esquisser la description de la variété d'exostoses multiples qui se rencontrent chez les tuberculeux.

Avant d'en faire l'étude clinique, il est une question non dépourvue d'intérêt qui mérite de retenir l'attention : c'est celle de la présence de lésions osseuses similaires chez les ascendants des malades.

Parmi les faits publiés, il en est deux qui militent en faveur de l'hérédité morbide directe localisée au squelette.

Le premier est rapporté par Heyman : une mère qui meurt de tuberculose pulmonaire présente des exostoses multiples. Parmi ses six enfants, cinq sont atteints de la même tare squelettique.

L'un de ses enfants devient à son tour père de dix enfants : trois sont couverts d'exostoses.

Lejars résume ce cas pathologique dans le tableau suivant :

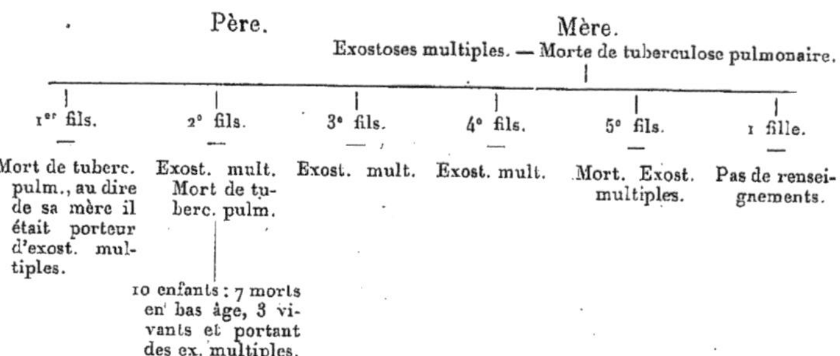

Il faut rapprocher de ce fait celui que Brun rapporte dans sa thèse.

Le père est mort tuberculeux ; la mère a de son côté des antécédents héréditaires analogues. Elle porte des exostoses multiples. De leur union naissent sept enfants : deux ont des exostoses nombreuses.

Ces deux faits si démonstratifs sont-ils suffisants pour permettre de conclure à l'hérédité de la maladie exostosique ? Oui, jusqu'à un certain point, surtout si l'on fait remarquer que cette influence peut être plus fréquente qu'on ne peut le supposer au premier abord, car dans la plupart des cas relatés, les renseignements héréditaires font le plus souvent défaut. De plus, indépendamment de ce fait, il n'est pas nécessaire de voir l'affection se reproduire de façon intégrale du père ou de la mère à l'enfant, celui-ci pouvant hériter seulement de la prédisposition. Les circonstances pathologiques dans lesquelles les descendants se trouvent placés à un moment donné de leur évolution, peuvent déterminer l'éclosion de la maladie primitive, ou les laisser indemnes des manifestations dont ils portent le germe.

Étude clinique

Les principaux caractères des exostoses multiples tuberculeuses peuvent être résumés de la manière suivante :

Nombre. — Le nombre des exostoses d'origine tuberculeuse est des plus variable. A côté des cas où, comme dans celui de Ledouble et Chambard (1875) ou celui de Pasteau, il s'agissait plutôt d'exostose unique et localisée, il en est beaucoup d'autres où les néoformations étaient disséminées sur le squelette.

Chez le malade de Lapasset, chez celui de P. E. Launois et Roy on a pu compter une quarantaine d'exostoses (planche I) ; chez celui de Reboul et celui de Brun il en existait soixante, enfin chez celui d'Auvray et Guillain leur nombre atteignait 150.

Siège. — Les exostoses tuberculeuses siègent un peu partout sur le squelette ; épiphyses, diaphyses, os longs, os courts, os plats ne sont pas plus respectés les uns que les autres. Le malade dont Guyon rapporte l'observation est surtout atteint vers l'extrémité inférieure interne et externe du fémur, et au niveau de la tête du péroné.

Le cas relaté par Oulmont est non moins intéressant. En outre des localisations précédentes, que l'on retrouve des deux côtés, les exostoses siègent encore sur les différentes parties du squelette des mains, sur l'omoplate, la clavicule, les apophyses épineuses des vertèbres, l'humérus.

Le malade de Poumeau présente des tumeurs osseuses disséminées partout. Les os iliaques, les côtes sont également ment affectés.

Les os du crâne subissent eux aussi l'influence du

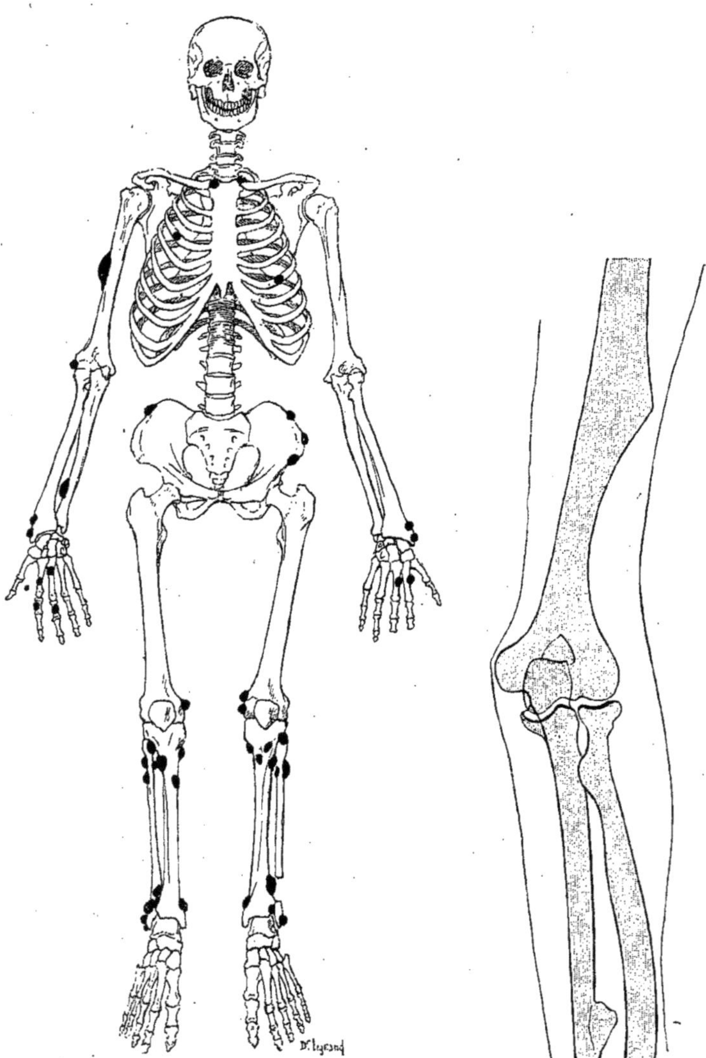

1. Répartition des exostoses sur le squelette de
Louis D..... (Observation XVI).

2. Décalque de la radiographie
du bras droit. Exostoses de
l'humérus et du cubitus (Op-
servation XVI).

(P. E. Launois et Roy. Nouvelle Iconographie de la Salpêtrière, 1902.
Masson et Cᵗᵉ, éditeurs).

G. NAUD, Éditeur.

processus. Le cas d'Auvray et Guillain en est une preuve indéniable.

Mais si nous précisons davantage, nous pouvons observer que les saillies anormales seraient peut-être massées avec prédilection au voisinage de l'interstice épiphyso-diaphysaire, là où le périoste possède une activité formatrice plus grande. Il s'en faut cependant que nous posions cette idée comme une loi formelle.

Dans l'observation d'Auvray et Guillain en effet, le plus grand nombre des exostoses est disséminé irrégulièrement le long des diaphyses.

Dans celle de P. E. Launois et Roy, il existe une exostose volumineuse sur la diaphyse de l'humérus droit.

Les exostoses ne sont pas toujours symétriques, comme le prouvent les faits rapportés par Cottet et Morestin (Obs. IX), par Charon (Obs. XI). Dans le premier cas les ostéophytes siègent sur le fémur, le tibia et le péroné d'un seul côté ; dans le second, ils occupent uniquement les segments du squelette de la main gauche.

Mais à côté de ces faits qui jettent un doute dans notre esprit, nous trouvons de nombreux faits où les lésions sont manifestement symétriques. Oulmont, Lapasset, Brun, Poumeau, Auvray et Guillain, P. E. Launois et Roy nous en montrent des observations certaines.

N'est-ce pas cette symétrie là, même, qui a fait naître la théorie défendue par Tordeus, cherchant à rattacher à une lésion du système nerveux l'apparition des exostoses multiples ?

Formes et volume. — La forme, le volume des exostoses tuberculeuses ne sont pas moins variables que leur situation. Tantôt les saillies osseuses sont petites, à peine perceptibles au toucher ; on voit par exemple Oulmont les comparer à des grains de maïs ou à des lentilles. Elles sont le plus souvent beaucoup plus développées et peuvent atteindre le volume d'un œuf de pigeon. Le malade dont parle Boiteux avait deux exostoses énormes, formant une masse dont il donne les dimensions suivantes : 28 centimètres de longueur, 17 centimètres de largeur et 9 centimètres d'épaisseur. Mais c'est là un fait rare et qu'il nous a paru seulement intéressant de signaler.

Mailland consacre aux exostoses tuberculeuses une description suffisamment précise : « Sessiles, elles revêtent l'aspect d'un cône ou d'une pyramide adhérant à l'os par une large base et se terminant par une pointe plus ou moins effilée. »

Ailleurs, elles se présentent sous formes de véritables aiguilles osseuses s'implantant par un pédicule assez mince (Lenglet et Mantoux).

Y a-t-il une loi génératrice imprimant à ces exostoses une évolution spéciale et une morphologie déterminée ? Nous n'oserions l'affirmer ; il est probable cependant que l'édification de couches osseuses nouvelles est soumise à l'influence de la moindre pression. Aussi les voit-on se développer vers les points où les parties molles offrent le minimum de résistance à leur accroissement.

Les exostoses infectieuses d'origine tuberculeuse présentent des caractères qui leur sont communs avec les autres variétés d'exostoses. Elles peuvent déterminer des phénomènes de compression. Elles peuvent déplacer certains organes, certains muscles, certains nerfs, certains vaisseaux qui affectent avec elles des rapports étroits de voisinage.

L'exostose volumineuse que porte le malade de Guyon a rejeté en dehors et en arrière l'extrémité supérieure de la jambe ; elle a déterminé un mouvement de torsion selon l'axe du membre et a déjeté la rotule en dehors.

Le malade dé Boiteux peut très difficilement fléchir la cuisse sur le bassin. Pour s'asseoir dans son lit, il lui faut laisser pendre la jambe droite en dehors.

Celui de Reboul a des douleurs irradiées, des fourmillements par compression des nerfs et de la moelle.

Enfin le cas de Klippel rapporté par Auvray et Guillain est des plus instructifs. Une hémiplégie survenue à l'âge de 20 ans fut attribuée à l'existence d'une exostose endocranienne.

Les exostoses tuberculeuses sont douloureuses soit spontanément, soit à la pression. La meilleure preuve qu'on puisse en donner est que les malades qui en sont porteurs viennent réclamer au chirurgien leur ablation et la suppression des phénomènes douloureux dont elles s'accompagnent.

En dehors de ces caractères communs à toutes les variétés d'exostoses, celles qu'on observe chez les tuberculeux présentent une évolution bien spéciale ; celles-ci s'accompagnent assez fréquemment de suppuration.

Cette suppuration semblerait même revêtir un processus tout particulier. Dans trois cas que nous rapportons plus loin, la suppuration aurait déterminé l'élimination des phalanges de l'index et du médius.

Le premier fait est celui d'Auvray et Guillain : le malade a successivement deux poussées inflammatoires, au niveau des exostoses dont il est porteur ; la seconde poussée amène la chute des deux dernières phalanges de l'index et du médius.

Mailland rapporte un cas absolument identique : son malade voit la plupart de ses exostoses s'ulcérer spontanément une première fois, puis dix ans plus tard, réapparition des mêmes symptômes plus localisés, mais donnant lieu à l'élimination de trois exostoses sous-unguéales de l'index et du médius.

Enfin nous trouvons un exemple analogue dans l'observation de P. E. Launois et Roy. Deux poussées suppuratives se terminent encore par la perte de deux phalanges.

Voilà des faits bien intéressants et qui semblent bien spéciaux à la forme d'exostoses qui nous occupe ; cette évolution vers la suppuration, observée dans trois cas bien semblables constitue en vérité un caractère différentiel de haute valeur qui les sépare nettement des exostoses ostéogéniques multiples toujours indolentes et non compliquées.

Quels que soient leur volume et leur nombre, les exostoses tuberculeuses ne retentissent en aucune façon sur l'accroissement des os en longueur :

Dans nombre de cas, la mensuration ne révèle rien de caractéristique. « Les proportions avec la taille du sujet, écrit Mailland, concordent avec les conclusions d'Ét. Rollet. Il n'existe également aucune différence de longueur appréciable entre les os symétriques quel que soit le nombre d'exostoses dont ils sont porteurs. »

Rien d'étonnant à cela, il est vrai, l'augmentation des exostoses se faisant perpendiculairement à l'axe des os aux dépens du périoste qui est comme nous l'avons déjà vu l'agent d'accroissement des os en épaisseur.

Dans les exostoses ostéogéniques au contraire le développement longitudinal de l'os est souvent troublé et l'on constate alors, soit du raccourcissement, soit de l'allongement de l'os atteint, par rapport à l'os symétrique. La loi des balancements organiques imaginée par O. de Serres semblerait s'appliquer au premier cas.

Notons encore un caractère important bien spécial aux exostoses infectieuses : c'est que leur développement est possible à tout âge. Le malade qui fait l'objet de l'observation XV voit des exostoses se développer en deux poussées successives coïncidant chacune avec des phénomènes congestifs des poumons. Une première fois, à 18 ans l'apparition a lieu en même temps qu'une pleurésie ; la seconde à 31 ans coïncide avec une infiltration tuberculeuse des deux sommets.

Dans l'observation relatée par P. E. Launois et Roy, le malade était âgé de 23 ans lorsqu'il constata la présence de ces saillies osseuses.

Notre observation III est peut-être encore plus probante : ce n'est qu'à l'âge de 46 ans que le malade s'aperçoit de ces malformations.

A côté de ces faits, nous en avons recueilli d'autres dans lesquels les sujets porteurs d'exostoses étaient jeunes et en pleine période de croissance lors de l'apparition de leurs exostoses. A 4 ans, pour l'un des malades de Brun et pour celui de Lenglet et Mantoux, à 10 ans pour ceux de Lapasset et de Poumeau, à 16 ans pour ceux de Guyon et de Reboul.

L'étude clinique des exostoses est singulièrement favorisée par l'emploi des rayons de Roëtgen. Cette méthode nouvelle permet d'acquérir des notions précises, inconnues de nos devanciers. C'est elle, en effet, qui a permis de déceler la présence de tumeurs osseuses qui étaient demeurées inaperçues. Si la palpation révèle l'existence d'exostoses situées dans les plans superficiels, elle ne peut permettre d'explorer les parties profondes, surtout lorsque d'énormes masses musculaires les recouvrent.

En 1899, Reboul, puis Levassort (1900) présentent des radiographies intéressantes à ce sujet.

Les planches annexées à notre travail, qui reproduisent des exostoses multiples sont par elles-mêmes assez éloquentes pour qu'il ne nous paraisse pas utile de nous étendre davantage sur l'importance de ce nouveau moyen d'exploration.

La planche II que nous devons à l'obligeance du Dr Albert Weil est extraite d'un article qu'il a fait paraître dans le *Progrès médical,* en 1902. Elle nous montre trois exostoses volumineuses du tibia et du calcanéum.

MM. P. E. Launois et P. Roy ont bien voulu nous autoriser à reproduire la planche III, dans laquelle on remarque tout particulièrement qu'une exostose a amené une disparition complète du péroné sur une étendue de de trois à quatre centimètres.

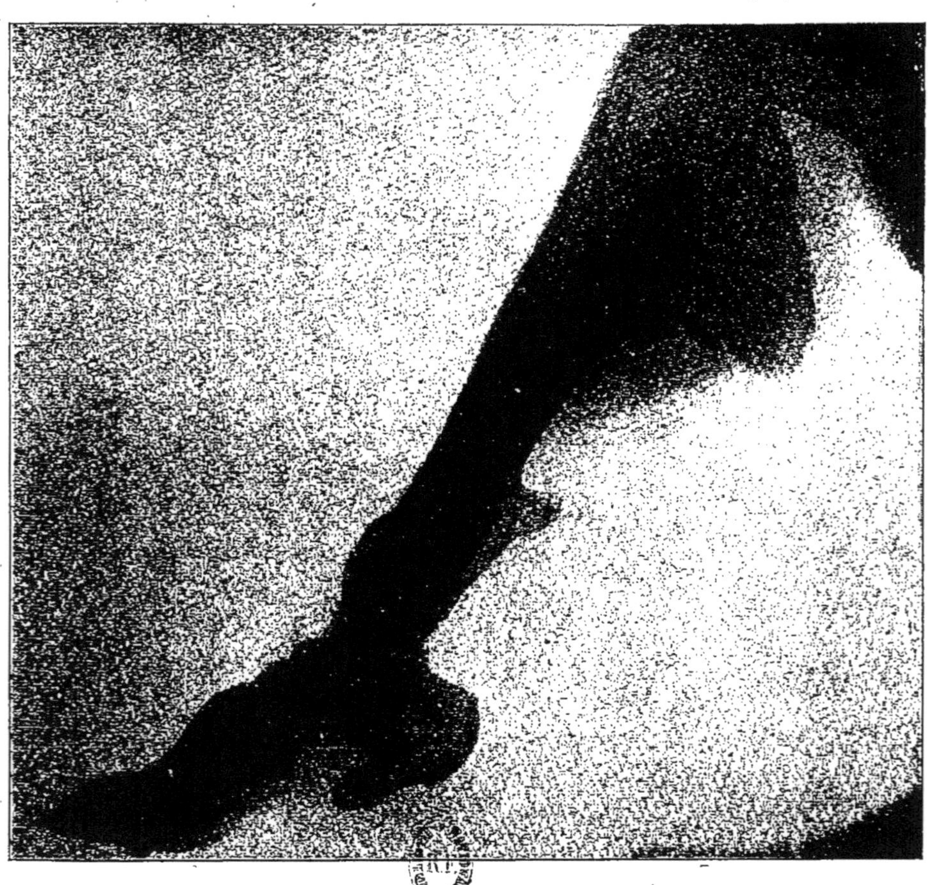

Planche II

Exostoses du tibia et du calcanéum (Dr Albert Weil).

C. NAUD, Éditeur.

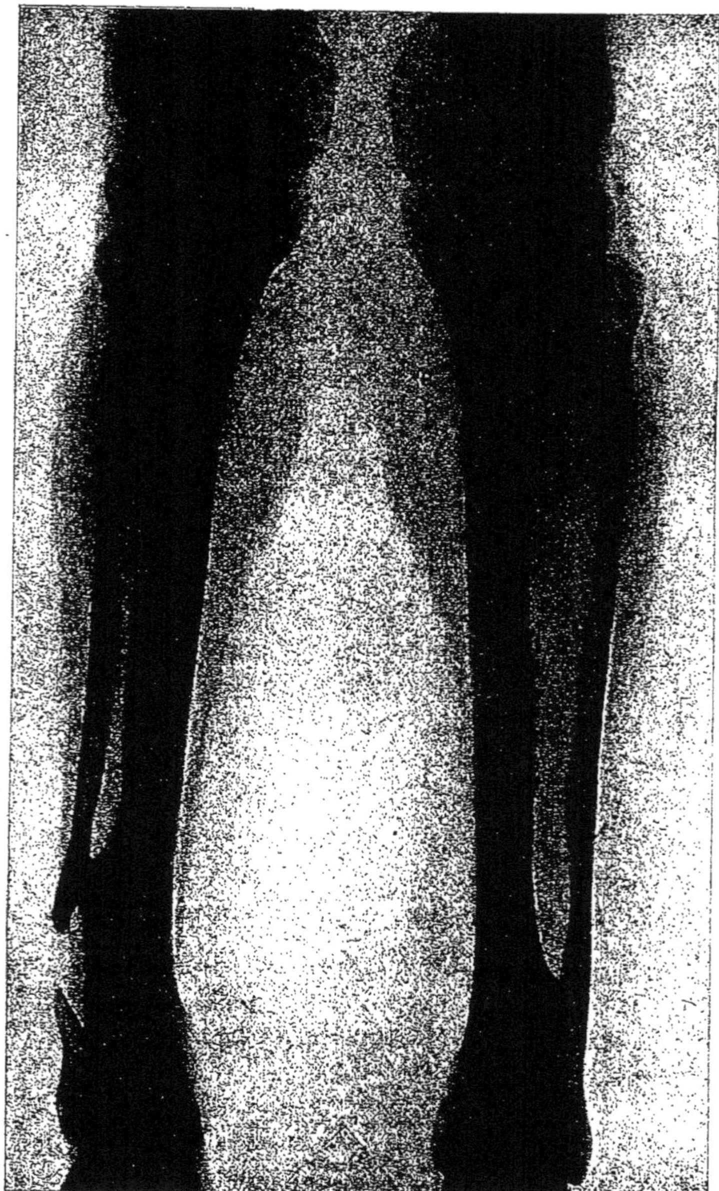

PLANCHE III
Exostoses et fracture spontanée du péroné.
(P. E. Launois et Roy. Nouvelle Iconographie de la Salpêtrière, 1902. — Masson et Cie éditeurs.)
G. NAUD, Éditeur.

CHAPITRE IV

I. — PATHOGÉNIE DES EXOSTOSES MULTIPLES
D'ORIGINE TUBERCULEUSE

Nous avons montré précédemment la part qui revient à l'hérédité dans les productions de la maladie exostosique chez les tuberculeux. Appliquant à cette affection les données admises actuellement pour d'autres maladies héréditaires et familiales, nous avons montré que la tare des générateurs peut jouer, dans certains cas, un rôle dans l'évolution de l'affection, chez leurs descendants ; que ce rôle consiste à déterminer chez eux une prédisposition morbide, localisée au système osseux. « La prédisposition s'accentuant, se développant par l'hérédité, on comprend que le même système pourra être vicié dans plusieurs générations avec une électivité spéciale, et il n'est pas improbable que les infections surajoutées, les maladies infectieuses ne jouent le rôle de cause occasionnelle dans l'éclosion des tares, des exostoses en particulier que nous étudions » (Auvray et Guillain).

Mais, comment peut agir le poison tuberculeux sur les descendants porteurs d'une prédisposition aux exostoses ?

Les expériences de L. Dor semblent permettre de

formuler plus qu'une hypothèse. Latour a su tirer de ses expériences des conclusions qui ne sont pas dépourvues d'intérêt.

Pour lui, les exostoses infectieuses peuvent être engendrées par des germes pathogènes, de virulence atténuée. « Les microbes, dit-il, secrètent des produits solubles, variables suivant leur virulence. Au premier stade, ils sont septogènes, c'est-à-dire qu'ils intoxiquent tout l'organisme. Au second stade, ils sont pyogènes, c'est-à-dire qu'ils intoxiquent seulement les globules blancs, et au troisième stade, ils n'intoxiquent plus les globules blancs, qui leur offrent une grande résistance ; mais ils exercent une action localisée sur certaines cellules plus délicates ; c'est à ce dernier stade de virulence que sont les microbes qui produisent les exostoses » (Latour).

L. Dor, dans ses travaux, insiste sur l'importance de l'atténuation des virus ; il démontre, en s'appuyant en particulier sur les expériences d'Arloing, que les lésions chroniques de la tuberculose sont dues à des microbes, dont la virulence est diminuée, amoindrie et que ces microbes atténués donnent expérimentalement naissance à des lésions évoluant plutôt d'une façon chronique que d'une manière aiguë.

Latour envisage la question sous un point de vue plus général encore ; sans le suivre dans ses considérations on peut se demander si le virus tuberculeux ne peut agir de la même façon que la culture de bacillus cereus citreus. Les travaux de Mailland sur ce sujet sont venus corroborer cette opinion.

La présence du bacille de Koch dans le tissu osseux ne se manifeste pas exclusivement, comme on l'a cru longtemps, sous les formes de granulations, de fongosités et de masses caséeuses. De même le processus tuberculeux, regardé jadis comme essentiellement destructeur, n'est nullement incapable de donner naissance à des produits réactionnels.

Comme la plupart des microbes, il peut, suivant son degré de virulence, suivant aussi les conditions de résistance du sujet infecté, déterminer dans l'organisme des réactions défensives et des lésions fort différentes. Pour ne parler que des altérations osseuses, nous savons qu'il peut manifester son action sous des aspects très divers : carie sèche de Wolkmann, tuberculose enkystée, infiltration tuberculeuse, granulie osseuse, manifestations destructives d'une virulence déjà grande.

Si nous mettons en parallèle avec ces lésions, celles que l'on observe dans la variété d'arthrite décrite par Poncet et caractérisée par des produits réactionnels périarticulaires (brides fibreuses, épaississements capsulaires, etc.) nous sommes amenés à admettre qu'il ne s'agit plus que d'un germe à virulence atténuée.

Si enfin, nous envisageons les néoformations osseuses localisées exubérantes, les exostoses, nous pouvons les considérer comme le résultat d'une irritation réactionnelle légère et prolongée du périoste, produit par la toxine tuberculeuse plus atténuée encore.

C'est au périoste seul qu'il convient d'attribuer la production des exostoses. Pour nous, comme pour Mailland, l'os et la moelle ne participent en rien à leur formation ; ils présentent, en effet, au niveau des néoformations exostosiques, des signes de dégénérescence manifeste (transformation adipeuse, résorption de sels calcaires, etc.).

Donc, sous l'influence de l'action irritative du poison tuberculeux, de même que sous l'influence d'une irritation traumatique simple, le périoste est susceptible de retrouver son activité formatrice ; à lui est dévolu le rôle de défense et de protection ; suivant son degré de vitalité ou suivant l'intensité de l'infection il sera susceptible de donner naissance à des productions osseuses de nouvelle formation.

L'examen histologique des exostoses vient d'ailleurs confirmer cette manière de voir. « Elles sont, en effet, « constituées par un tissu osseux normal, dense. Le pé- « rioste parfois un peu épaissi n'est pas enflammé ; les « travées qui en partent descendent perpendiculairement « sur l'os, comme si elles suivaient la direction des fibres « de Scharpey ; elles ne forment plus toutefois, comme à « l'état normal, des cercles concentriques autour de l'os. »

Il resterait à déterminer le processus intime qui provoque cette irritation réactionnelle, formatrice du périoste.

S'agit-il d'une périostite tuberculeuse primitive, comme l'ont supposé Gayot, Charvot, Duplay, Kiener et Poulet ? Ou bien est-on en présence d'une ostéomyélite tuberculeuse atténuée, comparable sous certains rapports à celle qu'on observe à la suite d'autres maladies infectieuses comme la fièvre typhoïde ?

Un fait analysé par Poncet, semblerait confirmer cette manière de voir. Le malade, qu'il lui a été donné d'observer, présentait au niveau du fémur des hyperostoses semblables à celles que l'on rencontre chez les ostéomyélitiques anciens. Le début de l'affection avait été brusque, comme cela s'observe dans l'ostéomyélite aiguë. Elle évolua d'une façon subaiguë ; des douleurs étant surve-nues longtemps après, dans la région atteinte, le malade entra à l'hôpital et l'opération fournit des résultats diffé-rents de ceux qu'on attendait.

On ne trouva, en effet, aucun séquestre, mais seule-ment du pus et des fongosités. Des inoculations ayant été pratiquées sur des animaux, ceux-ci moururent de tuber-culose.

II. — DIAGNOSTIC

L'étude que nous avons faite des exostoses multiples nous a révélé toutes les difficultés que présente leur dia-gnostic différentiel. Il est nombre de productions osseuses avec lesquelles on peut les confondre.

Les exostoses ostéogéniques surviennent uniquement pendant la période de croissance. L'âge du malade peut donc être un appoint sérieux pour le diagnostic. Il est évident que si l'on envisage un malade ayant dépassé 25 à 26 ans, l'on éliminera l'idée que ces tumeurs peuvent être des exostoses ostéogéniques, à plus forte raison, si leur éclosion coïncide avec des poussées inflammatoires quelconques. Si les exostoses tuberculeuses apparaissent chez des adolescents ou des enfants il est plus difficile de se prononcer ; c'est alors qu'on doit faire appel aux autres preuves du diagnostic.

Il y a deux caractères qui sont presque spéciaux aux exostoses tuberculeuses : les douleurs et la suppuration

Les exostoses de développement sont la plupart du temps indolores et ne suppurent pour ainsi dire jamais. Mais parmi les exostoses infectieuses, les exostoses d'origine syphilitique sont douloureuses ; la douleur apparaît alors surtout la nuit, elle a suivant l'expression classique, un caractère ostéocope, elle est lancinante et localisée exclusivement sur le trajet des os.

La tendance à la suppuration est, plus encore que la douleur, utile au diagnostic différentiel. Cette suppuration, survenant souvent au cours d'une poussée congestive, peut s'accompagner, comme nous l'avons signalé, de troubles trophiques consistant dans l'élimination spontanée de fragments ou de débris osseux.

Ce caractère est assez spécial aux exostoses tuberculeuses.

Le traitement peut encore être utile au diagnostic, plus particulièrement en ce qui concerne les exostoses syphilitiques. Des malades soumis au traitement spécifique voient alors leurs tumeurs et les phénomènes concomitants disparaître progressivement. Dans les autres formes, le même traitement demeure sans résultats.

La plupart des auteurs considèrent l'examen anatomo-pathologique comme un véritable criterium de différenciation. Ils se fondent alors pour séparer les néoformations de croissance des néoformations infectieuses sur les différences de direction que présentent les canalicules de Havers.

Dans les premières, ces canaux conservent leur direction normale ; dans les autres variétés ils sont perpendiculaires à la surface osseuse.

Mais la question n'est pas toujours aussi simple, comme le fait remarquer Poncet, puisqu'il est un grand nombre d'exostoses ostéogéniques qui se compliquent d'ostéomes ou d'inflammation.

En résumé l'hérédité tuberculeuse, les douleurs, la suppuration et l'âge du malade sont les meilleurs facteurs du diagnostic. Chacun de ces éléments différentiels ne peut suffire à lui seul pour porter le diagnostic certain d'exostoses tuberculeuses ; mais par leur réunion plus ou moins complète chez un même individu ils militent en faveur de l'influence bacillaire dans l'étiologie des exostoses que nous aurons à diagnostiquer.

CHAPITRE V

Observation I (résumée).

Exostose de l'extrémité inférieure du fémur droit.
Guyon. *Soc. anat.*, 1854.

Le nommé Tabouret, âgé de 38 ans, entre à l'Hôtel-Dieu le 3 mars. Mort le 21 juin. Assez fortement constitué, il jouit jusqu'à ces dernières années d'une vigoureuse santé. Des chancres, apparus en 1835, disparurent en 15 jours, cautérisés par un pharmacien. Quelques temps après, il eut à la région cervicale un engorgement ganglionnaire non suppuré, pas d'éruption, aucune autre manifestation syphilitique.

En 1845, accidents que l'on rattache à une affection de la moelle, faiblesse des extrémités inférieures, troubles dans la miction et la sensibilité ; persistance de ces accidents à un faible degré depuis cette époque.

En *novembre* 1853, apparition des premiers symptômes de l'affection qui nous occupe. Tabouret raconte qu'étant assis sur le sol, il éprouve en se relevant une sensation de craquement dans le genou droit, du reste pas de douleur. Il remarque alors au niveau de l'articulation une tuméfaction légère qui ne tarde pas à augmenter, suivie d'œdème de la jambe et du pied. Pas de douleur, pas de rougeur des téguments. Il continue cependant à marcher, l'articulation ayant alors le volume qu'elle a aujourd'hui. D'ailleurs, il a peu souffert depuis le début de ces accidents jusqu'à son entrée à l'Hôtel-Dieu. Il n'a qu'incomplètement gardé le repos ; l'œdème du pied et de la jambe a disparu, le genou seul a conservé des dimensions normales.

A son entrée à l'Hôtel-Dieu, le 3 mars, l'articulation mesurée à la partie moyenne avait 48 centimètres. Le 24 mars, on ne trouvait plus que 43 centimètres, la diminution n'avait porté que sur les parties molles. A l'autopsie on trouve 42 centimètres. L'articulation saine ne donne que 33 centimètres, la partie inférieure de la cuisse droite et le genou du même côté ont donc notablement augmenté de volume ; ces parties sont également déformées.

L'extrémité supérieure de la jambe est portée en dehors et un peu en arrière, de sorte que l'on voit à la partie externe une saillie formée par l'extrémité supérieure du tibia et la tête du péroné ; il y a de plus un mouvement de torsion selon l'axe de la jambe, et le pied est alors dans la rotation en dehors ; la rotule est également déjetée en dehors. La peau a son aspect normal, réseau abondant de veines sous-cutanées, très développées ; le tissu cellulaire est sain.

L'extrémité inférieure du fémur, augmentée de volume et déformée, présente un condyle externe qui paraît normal, un condyle interne représenté par une tumeur de 13 centimètres de diamètre, descendant sur la partie supérieure de la face interne du tibia empiétant sur cet os de quelques centimètres, repoussant en dehors sa surface articulaire et l'obligeant à demeurer dans cet état de luxation incomplète décrit plus haut. La consistance de cette tumeur est osseuse, on n'y suit point le bruit parcheminé propre à certaines tumeurs cancéreuses et aux kystes osseux ; on n'y perçoit aucun bruit, elle n'est point pulsatile. Le fémur malade est de 3 centimètres plus long que celui du côté opposé. *La partie interne du fémur droit dessine sur la peau une énorme stalactite osseuse.* Son extrémité inférieure, rétrécie, est presque aiguë, répondant à l'angle interne de la rotule ; elle n'y adhère pas immédiatement ; elle s'élargit bientôt et acquiert à sa partie moyenne 10 centimètres de diamètre, puis se termine en se rétrécissant de nouveau. Sa longueur est de 20 centimètres ;

sa direction oblique de haut en bas et de dehors en dedans. Son extrémité supérieure répond à la face interne du fémur qui paraît rugueux jusque vers son tiers supérieur.

La tête du péroné semble elle-même tuméfiée, la rotule notablement élargie. Dans le creux poplité, on sent aussi une stalactite osseuse assez mobile et plus profondément des inégalités osseuses. Le relâchement des ligaments permet d'introduire le doigt entre les surfaces articulaires, et laisse exécuter à la jambe des mouvements en tous sens ; nulle part ailleurs de traces d'exostoses. Mouvements articulaires peu douloureux, mais accompagnés de craquements. La pression n'éveille que peu de douleurs.

Le malade est maigre et pâle, la peau est terreuse, les muqueuses décolorées. Urines normales. Le malade tousse peu. On crut d'abord au début à un ostéosarcome, puis on espéra que la tumeur pouvait être d'origine syphilitique. Mais le traitement spécifique n'améliore pas l'état local. Les conditions de l'état général soutenu par l'alimentation étaient telles que l'on ne pouvait songer à l'amputation, lorsque dans la nuit du 10 au 11 juin le malade fut pris d'une hématurie abondante. Soupçonnant alors un cancer vésical, un traitement approprié ne put cependant arrêter l'hémorragie. La vessie fort distendue, ne se vidait que difficilement, et lorsqu'on la comprimait, l'urètre resté libre laissait écouler des caillots sanguins. La faiblesse du malade devint extrême et il succomba le 21 juin, après n'avoir cependant plus pendant trois jours émis qu'une urine sanguinolente. Mais toutefois, pendant son séjour à l'Hôtel-Dieu, son état général s'était un peu amélioré ; il reste démontré que ce malade est mort des suites de son pissement de sang.

Autopsie. — 28 heures après la mort.

Fémur. — L'extrémité inférieure porte, comme nous l'avons dit, une stalactite osseuse. La base d'implantation est large, sur le côté postéro-interne du fémur, ses deux extrémités sont libres et assez aiguës, l'inférieure est trifurquée et forme une voûte au côté postéro-interne de l'articulation ; sous cette voûte passent les fibres du triceps. Le grand adducteur et le vaste interne prennent sur elle quelques insertions. Le triceps loge une grande partie de ces fibres dans l'angle rentrant qu'elle forme avec le fémur ; le tendon d'insertion du grand adducteur au condyle interne est ossifié, seul d'ailleurs parmi les autres muscles de la cuisse.

L'anneau du grand adducteur est au niveau de l'extrémité supérieure de la production osseuse. L'artère après l'avoir traversé s'applique à la face postérieure de la stalactite, à laquelle elle adhère intimement, et à laquelle le soudent de nombreuses collatérales ; même trajet pour la veine. De plus une branche artérielle de la grosseur de la tibiale postérieure suit le bord antérieur de la stalactite et se résout en nombreux filets articulaires. *Deux autres stalactites, mais beaucoup moins volumineuses, à la partie antéro-externe du fémur, qui est renflé, rugueux, inégal dans ses deux tiers inférieurs. La tête du péroné a triplé de volume et présente quelques productions osseuses.*

Une première coupe séparant, entre les condyles, la diaphyse fémorale en deux moitiés latérales montre un tissu de néoformation entourant le tissu compact normal. Le tissu a été sécrété à la face interne du périoste épaissi.

Une deuxième coupe de l'exostose même nous montre l'existence d'une trame osseuse aréolaire entre le périoste et l'os. Par places, des cavités renfermant un tissu mollasse et rougeâtre assez homogène contenu dans une sorte de kyste que l'on peut énucléer.

Une lame osseuse de nouvelle formation ferme en arrière l'espace intercondylien.

Le jumeau interne a son aponévrose complétement ossifiée et renferme dans l'épaisseur de son insertion fémorale une production osseuse assez volumineuse.

La synoviale de l'articulation est épaissie, semée de plaques indurées très épaisses, de consistance osseuse et cartilagineuse : des franges synoviales très vasculaires, d'un beau rouge, y sont appendues. Des adhérences naissent en certains points des deux faces de la synoviale. De nombreux corps étrangers blancs, opaques, irréguliers, cartilagineux sont dispersés dans l'articulation.

La face interne du condyle interne est tapissée d'éminences osseuses semblables à des verrues. La face articulaire du condyle externe est recouverte de fongosités très vasculaires. La cavité glénoïde externe du tibia est encroûtée dans ses deux tiers postérieurs d'un cartilage assez rugueux, l'interne taillé en biseau aux dépens du condyle interne et de la face interne du tibia, répond à un corps étranger de forme demi-circulaire, placé sous le condyle interne du fémur et semblerait être le pourtour du condyle interne du tibia détaché et très hypertrophié. On retrouve le cartilage semi-lunaire au-dessous de ce corps étranger.

Ces lésions qui rappellent beaucoup celles des anciennes tumeurs blanches, se rapprochent beaucoup plus cependant de celles de l'arthrite sèche. Quant à l'exostose, je crois avec M. Laugier, dans le service duquel était couché le malade, que c'est là un exemple d'exostose périostale ; elle ne présente pas, il est vrai, tous les caractéres dés exostoses périostales d'Astl. Cooper, mais elle en offre plusieurs. L'idée de cancer a été éliminée par tous ceux qui ont eu la pièce entre les mains. Le microscope n'a pu éclairer sur la nature du contenu des vacuoles du tissu osseux nouveau, la coupe ayant été faite après macération.

On constate *de visu* la rupture d'un tronc veineux variqueux au niveau du col de la vessie ; c'est là certainement la source de l'hématurie.

Dans le poumon gauche : quelques tubercules crus au sommet. Le poumon droit est infiltré de tubercules dans ses deux lobes supérieurs, et creusé d'une caverne à son sommet.

OBSERVATION II

Exostoses multiples chez un malade porteur de cicatrices d'abcès froids.

OULMONT. *Revue médicale de photographie,* 1874.

Le malade âgé de 15 ans est très petit, pâle, avec diverses

cicatrices d'abcès scrofuleux. Les exostoses existent des deux côtés aux phalanges, au métacarpe et au poignet, à l'humérus, à l'omoplate et à la clavicule.

Elles existent également aux apophyses épineuses des vertèbres.

Les membres inférieurs en sont aussi couverts, l'extrémité supérieure et inférieure du fémur (avec cette différence que, à l'extrémité du fémur droit, l'exostose est remplacée par une cicatrice d'abcès scrofuleux), l'extrémité supérieure du tibia, l'extrémité inférieure du tibia et du péroné ; enfin quelques exostoses très rares sur le métatarse.

Ces exostoses sont pour la plupart comparables à des grains de maïs ou à des lentilles ; celles des os volumineux, et en particulier du fémur et du tibia, atteignent la taille d'une noisette.

Le malade présente en outre, diverses anomalies. La plus curieuse est le raccourcissement du troisième métatarsien à gauche avec déviation complète de la phalange. A la main, il y a : à gauche incurvation de l'auriculaire en dehors, du médius en dedans ; à droite de l'auriculaire en dehors, de l'annulaire en dedans.

OBSERVATION III

Exostoses symétriquement développées autour de l'articulation coxo-fémorale et réunies par une articulation incomplète.

L. BOITEUX, *Soc. anat.*, 1880.

Chifflet Romain, âgé de 5o ans, employé de commerce, entre le 22 mars 188o, salle Sainte-Geneviève, lit n° 6, service de M. Legroux, à l'hôpital Laënnec.

Cet homme nous arrive des hôpitaux le 22 mars. Il est *très amaigri et paraît plus âgé qu'il ne l'est en réalité* : il est tuberculeux au 3e degré. Il présente une déformation considérable de l'articulation coxo-fémorale droite et de l'os iliaque correspondant. L'os iliaque, augmenté de volume, s'avance vers la face antérieure du fémur qui présente une tuméfaction considérable allant à la rencontre de celle du bassin. Ces productions ont une consistance osseuse ; les mouvements de l'articulation coxo-fémorale sont très limités mais non totalement perdus, si bien que le malade peut encore marcher. C'est le mouvement de flexion de la cuisse sur le bassin qui est le plus limité ; aussi le malade ne peut-il s'asseoir sur son lit sans laisser pendre la jambe droite au dehors. Pas de craquements articulaires. Aucun phénomène de compression, pas d'atrophie du membre. Les ganglions inguinaux sont repoussés en avant par la tumeur, mais non augmentés de volume.

Voici les seuls renseignements que donne le malade sur l'origine de cette déformation : pas de contusion ni de fracture antérieure, pas de syphilis, le début remonterait à 3 ou 4 ans, mais cette date paraît bien rapprochée pour une tumeur de ce volume.

L'accroissement aurait été progressif, jamais de douleurs.

Mort le 29 mars de phtisie pulmonaire.

Autopsie. — *Tuberculose des deux poumons avec excavations multiples :* l'articulation coxo-fémorale gauche et les autres parties du squelette sont saines.

L'articulation coxo-fémorale droite est cernée en avant par deux productions osseuses énormes, partant l'une de l'os iliaque, l'autre du fémur et réunies entre elles par une sorte d'articulation de nouvelle formation sur laquelle nous aurons à revenir. La portion iliaque est développée aux dépens de la moitié inféro-interne de la fosse iliaque interne, de l'épine iliaque antéro-supérieure et de la portion voisine de la crête, toutes parties reportées en avant par la tumeur. La portion fémorale part de la face antérieure de l'os, et c'est à peu près à la hauteur de l'articulation que se trouve la néarthrose qui unit les deux productions.

La masse a 28 centimètres de dimension longitudinale : les dimensions antéro-postérieures au point le plus volumineux sont de 17 centimètres.

La plus grande épaisseur de la même masse totale est de 9

centimètres. La forme générale de cette production ossiforme, considérée dans son ensemble est celle d'un ovoïde à grand diamètre longitudinal et convexe antérieurement.

Nous étudierons successivement la portion iliaque, la portion fémorale et la néo-articulation.

Portion iliaque. — La fosse iliaque externe n'est pas modifiée dans sa forme, et nous insisterons sur ce fait que l'implantation de la tumeur se fait uniquement à la face interne et à la crête de l'os. La ligne d'implantation part de la crête iliaque, à 12 centimètres en avant de l'articulation sacro-iliaque ; de là elle se dirige en avant et en bas, en décrivant, dans la fosse iliaque interne, une courbe à convexité postéro-interne, pour arriver au niveau de l'éminence iléo-pectinée ; elle n'aborde en aucun point le détroit supérieur, mais rétrécit considérablement le grand bassin.

Ainsi circonscrite à son point d'attache, la masse s'élève perpendiculairement à la surface de la fosse iliaque interne, pour former une tumeur piriforme, à surface régulière, englobant l'ancienne épine iliaque et la portion antérieure de la crête qui est son point d'implantation en dehors.

Portion fémorale. — Elle continue assez régulièrement la forme ellipsoïde de la portion iliaque, mais son implantation au fémur se fait avec une inclinaison beaucoup plus douce. Le grand trochanter est englobé par elle, mais le petit trochanter en est distinct, et entre la tumeur et cette saillie, se voit une gouttière longitudinale qui se prolonge sur l'arcade pubienne, longeant toute la production : c'est là que passait l'artère fémorale, ainsi. à l'abri de la compression.

Néarthrose. — Pour étudier la néarthrose il faut faire une coupe verticale antéro-postérieure.

On voit alors en avant de la tête fémorale qui ne paraît pas déplacée, une ligne d'union obliquement dirigée en bas et en avant ; elle est sinueuse et arrive jusqu'à la surface de la tumeur dont les deux moitiés sont mobiles l'une sur l'autre. Les surfaces ainsi en contact ne sont pas recouvertes de cartilage. Cette cavité articu-

laire très serrée est fermée par une sorte de capsule, confondue
avec le périoste extrêmement épaissi qui recouvre toute la néoformation. Quant à la tête fémorale, elle est entourée de toutes
parts par des capsules et sa synoviale confondues, si bien que l'articulation de la tête ne paraît pas communiquer avec la nouvelle.

Sur la même coupe, on peut facilement étudier le point d'origine exacte des productions osseuses. Ainsi on constate facilement
que la portion iliaque part du diploé ; la table interne est écartée
de la table externe restée immobile. La portion fémorale, au contraire, paraît manifestement d'origine périostique.

D'abord on peut voir que si cette portion est développée surtout au-devant du fémur, il faut ajouter que le fémur est en réalité
entouré complètement par le tissu osseux nouveau, mais qu'en
arrière ce tissu nouveau n'a que 1 centimètre à 1 centimètre et
demi d'épaisseur. Sur la coupe, le fémur, avec ses deux lames de
tissu compact, se dessine tout à fait en arrière de la production
nouvelle, qui est presque toute développée au-devant de lui.

Structure. — A l'œil nu, la portion iliaque est constituée en
grande partie par du tissu spongieux, avec quelques points du
tissu compact irrégulièrement distribués, mais plus nombreux au
voisinage de la néarthrose.

C'est ainsi du tissu spongieux qui constitue la portion fémorale ; mais la masse spongieuse est coupée de distance en distance
par des bandes de tissu compact disposées parallèlement au périoste. Ce tissu compact qui se présente sur la coupe sous forme
de bandes, forme en réalité des enveloppes compactes concentriques au périoste. Ce détail justifie encore l'origine que nous
attribuons à la production fémorale.

Le petit trochanter, indépendant de la tumeur est augmenté
de volume. Le périoste qui entoure toute la production est aussi
considérablement épaissi ; il est confondu avec les capsules articulaires.

A la partie la plus saillante de la tumeur iliaque, nous avons
à signaler une aiguille osseuse de 9 centimètres de long contenue
dans les tissus fibreux péri-osseux, et articulée avec la production

nouvelle par une arthrodie incomplète et très serrée. Une autre aiguille osseuse est implantée à la partie inférieure de la portion fémorale. Toute la surface osseuse nouvelle est creusée de nombreux orifices vasculaires. Ces deux masses uniformes d'origines différentes, réunies entre elles par une sorte d'articulation, et formant un pont au-devant de l'articulation coxo-fémorale, ne nous paraissent pas pouvoir être considérées comme autre chose que deux exostoses, l'une périostale, l'autre diploïque, et d'un volume rare.

Cette disposition symétrique et ce rudiment d'articulation sont aussi exceptionnels. Aussi aurait-on pu penser un instant à attribuer à l'arthrite sèche ces productions insolites. Mais la régularité de forme, l'intégrité relative de l'articulation de la hanche, nous paraissent absolument opposées à cette conclusion. Deux particularités que nous rappelons nous confirment absolument dans notre opinion, la conservation de la capsule tout autour de la tête fémorale et surtout le développement manifeste de l'exostose iliaque aux dépens du diploé, par écartement de la table interne de l'os ; la table externe étant absolument intacte et la forme même de la fosse iliaque externe conservée, il n'est guère possible, croyons-nous, de soutenir que l'articulation soit le point de départ de la production morbide.

Quant à l'étiologie de cette affection nous l'ignorons, aussi rangerions-nous ces productions osseuses dans la classe des exostoses autogéniques, dont l'étiologie est justement un des desiderata de la pathologie des os.

OBSERVATION IV (résumée).

Exostoses multiples survenues à l'âge de 10 ans. Coxalgies.
Fistules. Abcès de la région deltoïdienne.

(In *Thèse* LAPASSET, 1883.)

Probst Louis, 16 ans, journalier, entre le 27 août 1883 à la

Pitié, salle Jenner, n° 53. Blond, lymphatique, d'une constitution peu robuste, mais d'une santé habituellement bonne.

Antécédents. — Père bien portant, âgé de 50 ans. Mère morte à 42 ans, à la suite d'une fausse couche, trois frères et sœurs bien portants.

Personne dans sa famille ne présente aucune saillie osseuse anormale.

En décembre 1881, il entre pour la première fois à l'hôpital dans le service du Pr Lasègue, avec des douleurs vives dans l'épaule droite et un gonflement très manifeste de la région. Disparition en 15 jours. Puis apparition de douleur et gonflement du côté de la hanche droite. Sortie de l'hôpital en avril 1882, avec une ankylose de la hanche et un raccourcissement du membre inférieur droit.

Le malade rentre à l'hôpital en février 1883 avec *un abcès de la partie antéro-latérale de la cuisse* ; incision ; *fistule.* Vers le 15 mars, nouvel abcès au niveau de l'angle inférieur du triangle de Scarpa ; la fistule qui en résulte ne se ferme qu'en novembre.

En juin, douleurs et gonflement de la région deltoïdienne gauche. Articulation libre. Un mois après, incision d'un *abcès dans la région interne du bras,* à 5 centimètres au-dessous du creux axillaire.

Fistule consécutive cicatrisée deux mois après. Enfin, en septembre, formation d'une *nouvelle fistule à 6 centimètres en dedans de l'épine iliaque antéro-supérieure,* à 1 centimètre au-dessous de l'arcade crurale.

Exostoses. — A l'âge de 10 ans, apparition de la première exostose du volume d'un œuf de poule à la partie antérieure de la cuisse gauche, un peu au-dessus du genou.

Le malade ne remarqua d'ailleurs pas la présence des autres tumeurs qui furent cependant reconnues facilement quand il entra à l'hôpital en 1881, c'est-à-dire quatre ans plus tard et dont voici un tableau succinct.

Membre supérieur droit. — Omoplate : deux exostoses au

niveau du bord spinal. Humérus : une exostose sous-deltoï-
dienne, et une seconde à la face interne, 6 centimètres plus bas.
Cubitus : une exostose du volume d'une noix à la face antérieure,
à 4 centimètres de l'articulation carpienne. Main : une sur la
première phalange de l'index et une sur le deuxième métacar-
pien.

Membre supérieur gauche. — Omoplate : une exostose sur le
bord spinal. Main : trois exostoses sur l'index, une sur le médius,
une sur l'annulaire, une sur l'auriculaire. Tronc : une exostose
sur les 5e, 6e, 7e, 8e côtes droites et 7e, 8e, 9e, 10e, 11e côtes
gauches ; une sur la clavicule gauche ; une sur la crête iliaque du
côté gauche.

Membre inférieur droit. — Fémur : première exostose à la
face interne à 12 centimètres au-dessus de l'articulation du genou,
de la grosseur d'un œuf de pigeon, seconde à la partie externe,
à 6 centimètres du genou, plus grosse encore. Tibia : une à 5 centimètres au-dessous du genou, sous la tubérosité interne ; deux
sur la malléole interne. Péroné : une à 7 centimètres au-dessous
de la tête de l'os, une seconde à 5 centimètres de son extrémité
inférieure.

Membre inférieur gauche. — Fémur : sur le côté antéro-
externe, à 18 centimètres du genou, une masse du volume d'un
œuf de dinde, à la face postérieure une seconde mamelonnée à
12 centimètres du genou, dans la région postéro-externe, à 6 centimètres du genou une troisième ; à la partie interne, à 6 centimètres du genou une autre plus grosse que les précédentes. Tibia :
à 4 centimètres du genou sur la face postérieure une forte saillie
dirigée en bas ; une autre sur la face externe entre le tibia et le
péroné ; une dernière sur la malléole interne. Péroné : deux sur
la malléole externe.

En août 1882, la taille du malade était de 1^m,54 ; en août 1883,
elle était de 1^m,625. L'année précédente, on avait moulé sa jambe
gauche, si bien qu'on put constater que toutes les tumeurs existaient déjà auparavant, avaient grossi en proportion du membre
et que de nouvelles étaient apparues.

Observation V (résumée).

Hérédités de tumeurs rares. Exostoses cartilagineuses multiples.
(Heymann, *Virchow's Archiv.*, 1886).

L'hérédité joue un rôle important, quoique peu connu, dans l'étiologie des tumeurs et des exostoses en particulier, comme le prouve l'observation suivante :

A la fin de mars 1884, M. Heymann, de Leipzig, eut l'occasion de faire l'autopsie d'un phtisique ; il trouva un ramollissement des deux poumons, une caverne aux deux sommets ; les plèvres étaient enflammées ; il y avait un exsudat membraneux, surtout au sommet de la plèvre droite, de l'épanchement dans les parties inférieures.

L'examen du système osseux montra les particularités suivantes :

Tibia gauche. — Vers le tiers supérieur de la face interne se trouvait une exostose rattachée à l'os par une large base ; elle s'effilait en pointe, le long de l'os, dont elle était séparée par un espace de 1 centimètre. Elle était extrêmement recouverte de cartilage. Les parties molles qui la recouvraient n'étaient pas hypertrophiées et, à la coupe, on trouva la tumeur formée par du tissu osseux normal ; la périphérie était formée par du cartilage hyalin. D'autres exostoses se trouvaient sur la diaphyse du tibia, vers l'extrémité inférieure.

Péroné gauche. — Une exostose sur la diaphyse de l'os près l'extrémité inférieure.

Tibia droit. — Une exostose à la partie supérieure.

Fémurs. — Des deux côtés, des tumeurs siégeant sur le col ; d'autres au-dessous des condyles.

Omoplate. — Une exostose sur l'épine scapulaire d'un côté.

Humérus. — D'autres à la partie inférieure de la diaphyse des humérus droit et gauche.

Cubitus gauche. — Une exostose au niveau de l'olécrâne.

La mère du malade, dit le Dr Huber, présente des exostoses de l'extrémité supérieure des deux tibias et des deux péronés ; sur les humérus également, au-dessous de la tête.

Cette femme finit par mourir de tuberculose pulmonaire à 68 ans.

On trouve, à l'autopsie, des exostoses siégeant sur le condyle interne du fémur, l'extrémité supérieure du tibia et du péroné du côté gauche ; ces exostoses étaient du volume d'une noix. Il en existait une autre large de 2 centimètres à la face postérieure de la symphyse pubienne.

Cette femme a eu six enfants, cinq garçons porteurs d'exostoses et une fille ; les exostoses de ceux-ci siègent principalement aux genoux, au dire de la mère.

Parmi ceux-ci, le troisième présentait des tumeurs sur le tibia, dans la région de la patte d'oie, sur le condyle interne du fémur droit et la cinquième côte ; chez le quatrième, au coude gauche, les exostoses gênaient les mouvements de flexion et d'extension ; à la cuisse gauche, il y en avait une autre très volumineuse aussi sur le premier métatarsien.

Quant au malade qui fait le sujet de l'observation, il eut dix enfants ; sept d'entre eux moururent jeunes d'entérite et les trois autres étaient porteurs d'exostoses multiples ; ils ne présentaient d'ailleurs rien du côté des poumons.

OBSERVATION VI

(In *Thèse* Brun.)

B..., âgé de 23 ans, entre le 9 juillet à l'Hôtel-Dieu pour une adénite inguino-crurale gauche datant de quatre jours, et consécutive à une marche forcée.

Le ganglion est fluctuant. Ouverture. Énucléation du foyer purulent, gaze iodoformée, spica compressif.

Je passe rapidement sur ce léger accident qui n'a eu d'ailleurs aucune importance, pour insister sur les particularités intéressantes que présente ce malade.

Il suffit d'un simple coup d'œil pour constater sur son squelette un nombre considérable de tumeurs dures, incompressibles et présentant une symétrie à peu près parfaite. Actuellement toutes sont indolentes.

Interrogé d'abord sur ses antécédents héréditaires, notre malade, doué d'une intelligence assez restreinte, nous donne des renseignements fort vagues, et comme nous tenons à élucider ce point important, nous le prions d'envoyer sa mère et son frère au premier jour de visite. La suite montrera combien fut heureuse pour nous la vue des parents ; parce qu'ils font l'objet des deux observations suivantes. Le père est mort tuberculeux.

Notre malade a eu une fièvre typhoïde à l'âge de 13 ans. Aujourd'hui, il est pâle et chétif.

Les poumons et le cœur sont sains, le tube digestif fonctionne bien.

Le malade ne peut pas préciser la date de l'apparition des premières exostoses. La mère nous affirme que l'enfant avait 4 ans lorsqu'elle constata les premières sur les tibias. Depuis, le nombre n'a cessé d'augmenter, et aujourd'hui voici ce qu'il est possible de constater.

La *main gauche* en présente 12, presque toutes localisées aux extrémités des phalanges ; deux sont en évolution.

Cette main, très faible, lui sert seulement à diriger la varlope.

Les doigts, médius, index et annulaire sont d'égale longueur.

Le radius et le cubitus, du même côté, présentent, le premier 4 exostoses, le second 3, à leur extrémité inférieure.

Sous leur influence les deux os se sont recourbés de dehors en dedans pour subluxer légèrement la région radio-carpienne... Le long des diaphyses on sent de petites dentelures et les extrémités supérieures sont fortement atteintes. Au niveau de la tubérosité bicipitale du radius une bourse séreuse très développée avec épanchement, communique avec l'articulation déformée.

L'extrémité supérieure du cubitus est le siège d'une exostose allongée, dirigée vers l'articulation et rendant bifide cette extrémité de l'os. De plus l'olécrâne pointe très fortement en arrière tandis que la poulie humérale a glissé au bas et en avant.

Cette déformation articulaire laisse le coude dans sa position fixe entre la demi-flexion et l'extension. Les mouvements sont presque tous abolis. L'humérus gauche montre une petite crête dentelée; puis au sommet du V deltoïdien une exostose grosse comme un noyau de cerise. L'articulation scapulo-humérale est le siège d'une demi-ankylose. Les mouvements d'élévation et de rotation sont impossibles.

La main droite en montre 14, presque toutes aux extrémités des phalanges. Les doigts sont déformés, comme du côté gauche, mais leur longueur respective est proportionnellement conservée.

Le squelette de l'*avant-bras* droit montre peu d'altérations, trois petites exostoses sur l'extrémité inférieure du cubitus, quatre sur celle du radius.

Les diaphyses et les extrémités supérieures sont libres, l'articulation du coude normale; l'humérus droit en présente quatre au-dessus de l'empreinte deltoïdienne; l'articulation scapulo-humérale exécute les mouvements normaux.

Les *côtes* en présentent fort peu et de volume très minime. Le bassin n'a rien d'apparent.

Si nous passons aux membres inférieurs, nous notons au *pied gauche*, le deuxième orteil est plus court que le troisième de 1 centimètre. Pas d'exostose, pas de déformation, phalanges, os du tarse et du métatarse sains.

Au *péroné*, deux sur la malléole, rien d'accessible sur la diaphyse, une énorme en grappe à l'extrémité supérieure; au tibia, deux sur la malléole, diaphyse recourbée en lame de sabre, une près du tubercule de Gerdy. Elle contourne en formant quatre masses mamelonnées et vont à la partie postérieure rejoindre celles du péroné.

Au *fémur,* une énorme trilobée sur le condyle externe, une

petite sur le condyle interne. Rien d'accessible sur le triangle de Scarpa.

Le *pied droit* ne présente rien d'anormal.

Le *tibia* et le *péroné* sont symétriquement frappés ; leur analogie avec les os de la jambe droite est à peu près parfaite.

Le *fémur* en montre deux grosses comme une noisette sur le condyle interne, une plus grosse sur le condyle externe, comme pour le côté droit, elles s'éloignent de l'articulation.

OBSERVATION VII

(In *Thèse* BRUN.)

B..., frère du précédent, 27 ans.

État général mauvais. Ne peut faire aucun métier.

Jusqu'à l'âge de 10 ans, on l'a conduit par la main. Aujourd'hui sa démarche est lasse ; il se fatigue très vite.

C'est un type très complet d'exostoses ostéogéniques symétriques.

En l'examinant, nous avons noté très facilement la similitude parfaite entre les masses néoformées aux extrémités de tous ses os longs.

OBSERVATION VIII

(In *Thèse* BRUN.)

Mme B..., 69 ans, petite taille, état général assez bon, mère des deuxmalades précédents.

A eu sept couches heureuses, cinq enfants sont morts en bas âge.

Mme B... nie avoir constaté sur eux des exostoses comme elle nie en porter elle-même.

Il a fallu beaucoup de persuasion et de patience pour arriver à l'examiner superficiellement.

Le *tibia gauche* porte deux exostoses grosses comme des œufs de pigeon, vers l'extrémité supérieure.

Rien au fémur. Rien au membre inférieur droit.

A l'*avant-bras gauche*, le radius et le cubitus sont déformés à leur extrémité inférieure. Ce n'est pas la vraie nouure rachitique ; il y a plutôt incurvation.

Aucun traumatisme antérieur ne peut l'expliquer. Enfin l'*humérus gauche* porte une exostose grosse comme une noix que l'on sent parfaitement à la face externe du creux axillaire.

Du côté droit, rien de saillant.

La démarche est assez dégagée pour l'âge de la malade. Pas de claudication.

Intelligence normale.

Elle affirme n'avoir pas d'antécédents héréditaires et pourtant une de ses sœurs, morte depuis quelques années, était frappée de la même affection. Condamnée à une vie très peu active, elle finit par mourir de tuberculose pulmonaire à l'âge de 30 ans.

Observation IX

Exostoses ostéogéniques multiples du fémur, du péroné et du tibia. Fragment d'exostose détaché d'une des masses principales et articulé avec le reste de l'exostose.

Cottet et Morestin, *Soc. anat.*, 1894.

Un homme, de 45 ans, meurt le 16 décembre 1894, de tuberculose pulmonaire, salle Saudras, à l'hôpital Beaujon, dans le service de M. le Dr Rigal. Cet homme portait des exostoses multiples, il était indemne de syphilis, tant héréditaire qu'acquise ; personne de sa famille n'avait non plus présenté d'exostoses.

Les tumeurs osseuses remontaient chez lui à la première enfance ; le malade « s'était toujours connu avec des grosseurs » suivant son expression.

Elles siégeaient aux extrémités supérieures des deux tibias et aux extrémités inférieures des deux fémurs. Il en existait d'autre part au niveau de l'extrémité inférieure de ses avant-bras et à l'extrémité supérieure des humérus. On en trouvait encore une autre sur la face externe de la 5e côte en dedans de l'angle inférieur de l'omoplate.

Les deux genoux de ce sujét étaient extraordinairement déformés et leur aspect étrange avait attiré l'attention pendant sa dernière maladie.

Cette difformité gênait fort peu le malade qui, ne souffrant point et marchant sans difficulté, n'avait jamais songé à réclamer des soins chirurgicaux.

On avait reconnu à la palpation, la présence de tumeurs multiples extrêmement dures, implantées sur le fémur, le tibia et le péroné, et porté le diagnostic d'exostoses ostéogéniques. L'autopsie ayant confirmé cette opinion on constate que ces tumeurs semblent d'âges différents, nées par plusieurs poussées successives ; les plus anciennes qui sont aussi les plus volumineuses, sont repoussées loin de l'articulation et siègent actuellement sur la diaphyse. Elles sont complètement osseuses. D'autres, plus nombreuses, plus grosses, lobulées, mamelonnées siègent au voisinage de l'épiphyse.

La surface libre est encore cartilagineuse, ces tumeurs siègent en majorité à la partie postérieure des os, du côté de la flexion. Celles qui procèdent du tibia et du péroné se sont fusionnées, formant une masse commune et considérable. Le muscle poplité, soulevé par cette masse et étalé à sa surface, est extraordinairement aminci, et forme un plan charnu d'une épaisseur insignifiante. Toutes ces tumeurs osseuses sont enveloppées par des bourses séreuses très étendues. Aucune d'elles n'entre en contact avec la synoviale du genou. Cette articulation est absolument intacte. Ouverte par sa partie antérieure, elle nous montre des cartilages articulaires, parfaitement normaux, les ligaments croisés présentant leur aspect habituel, la synoviale absolument saine.

Les mouvements de flexion et d'extension s'exécutent facile-

ment, mais la flexion est limitée par la présence des masses postérieures. Il n'existe point de mouvements anormaux, cependant
les ligaments articulaires sont un peu modifiés dans leur aspect
et leurs insertions. Les exostoses ont en effet étalé et déplacé ces
insertions, mais sans compromettre leur solidité, ni altérer leurs
fonctions.

L'articulation péronéo-tibiale supérieure est au contraire an-
kylosée, ce qui tient sans doute à la rencontre, puis à la fusion,
des tumeurs osseuses développées au défaut du tibia et du péroné,
et empêchant les surfaces articulaires d'exécuter le moindre mouvement l'une sur l'autre.

Sur le genou du côté gauche, on constate qu'une de ces tumeurs osseuses, d'ailleurs absolument semblable aux autres par
sa consistance et sa forme, présente dans tous les sens une grande
mobilité et contraste avec ses voisines qui sont fixes. Cette tumeur,
est en effet, complètement séparée de la masse exostosique développée aux dépens du péroné et du tibia et dont elle a certainement fait partie à un moment donné. Elle est articulée avec la
masse principale et glisse sur elle à l'aide d'une synoviale parfaitement constituée.

Observation X

*Exostoses épiphysaires à l'extrémitié supérieure du tibia droit,
à l'extrémité inférieure du fémur gauche, à l'extrémité supérieure de l'humérus gauche et sur plusieurs autres os.*

(In *thèse* Poumeau, 1895.)

Le nommé D... Louis, 21 ans, papetier, entre le 28 novembre
1891, salle Broca, nº 18, à l'hôpital de la Pitié. Opéré il y a trois
ans à l'hôpital Beaujon pour deux tumeurs osseuses siégeant,
l'une à la partie supérieure et externe du péroné droit, l'autre à
la partie inférieure et interne du tibia gauche, il réclame aujour-
d'hui l'ablation d'une troisième tumeur siégeant à la partie supé-

rieure et interne du tibia droit, parce que cette tumeur gêne la marche.

L'examen attentif du malade révèle l'existence de productions osseuses analogues en différents points du squelette, productions dont le malade lui-même ignorait l'existence.

Antécédents. — Père rhumatisant. Mère morte à 42 ans de *tuberculose pulmonaire.* Un frère rachitique mort à 7 ans.

Lui-même a toujours été bien portant, de taille moyenne et peu musclé, il a un léger degré d'*anémie.*

La première exostose a commencé à paraître vers l'âge de 10 ans, à la partie inférieure et interne du tibia gauche. A 12 ans se développent deux autres tumeurs : l'une à la partie supérieure et externe du péroné droit, l'autre plus volumineuse à la partie inférieure et externe de la cuisse gauche.

Actuellement, l'examen du squelette donne les résultats suivants :

Crâne. — Rien.

Face. — Rien.

Colonne vertébrale. — Rien.

Côtes. — Les cinquièmes côtes droite et gauche offrent une petite tubérosité du volume d'une noisette, siégeant près de l'articulation chondro-costale.

La 6ᵉ côte droite, une exostose un peu en dedans de la ligne du mamelon.

La 9ᵉ côte gauche, une en dedans de la ligne du mamelon. La 10ᵉ côte gauche, une du volume d'une noisette sur la ligne axillaire.

Sternum. — Rien.

Omoplates et clavicules. — Rien.

Os iliaques. — Deux petits tubercules lenticulaires à la partie moyenne des crêtes iliaques droite et gauche.

Humérus. — Le droit, une exostose du volume d'une noix siégeant à l'union de la diaphyse et à l'épiphyse supérieure. Le gauche, une exostose au même niveau présentant le volume d'une mandarine.

Radius. — Le droit, une exostose un peu au-dessus de l'extrémité inférieure et à la partie antérieure. Le gauche, une au même niveau.

Cubitus. — Droit et gauche, rien.

Main. — Index droit : tubercule lenticulaire sur la partie dorsale de la deuxième phalange, un peu au-dessus de l'extrémité supérieure de celle-ci. Index gauche : tubercule de même volume et siégant au même point. L'auriculaire droit : petit tubercule sur la face dorsale de l'extrémité supérieure de la troisième phalange. Le gauche, tubercule de même volume et siégeant au même point.

Fémur. — Le droit, rien; le gauche, une exostose du volume d'une noix, un peu au-dessus du condyle externe.

Tibia. — Le droit, deux exostoses à la partie supérieure, l'une sur la face externe, l'autre sur la face interne, situées un peu au-dessous des tubérosités correspondantes. Le gauche, deux exostoses sur la face interne, très rapprochées l'une de l'autre, du volume d'un poids et située à deux centimètres environ au-dessus de la malléole tibiale : la plus inférieure répond à la cicatrice de la première opération, elle serait apparue depuis cette époque.

Os du pied. — Rien.

Toutes ces productions osseuses se sont développées sans douleur, et la plupart à l'insu du malade. Celles de la partie supérieure du péroné droit et de l'extrémité inférieure du tibia gauche ont nécessité une première intervention, celles de la partie inférieure du tibia droit, de l'extrémité inférieure de la cuisse gauche et de l'extrémité supérieure de l'humérus gauche sont douloureuses à la pression ; elles gênent les mouvements ; leur ablation est décidée.

Première opération le 3 octobre. — Ablation des exostoses siégeant au niveau de l'extrémité inférieure du fémur gauche et de l'extrémité supérieure du tibia droit.

Chloroformisation. Application de la bande d'Esmarch. Une première incision de 3 centimètres environ sur la partie externe

et inférieure de la cuisse, met à nu l'exostose qu'on enlève facilement avec la gouge et le maillet.

Lavages phéniqués. Suture musculaire avec quatre fils de
catgut fin. Suture des téguments au crin de florence. Petit drain.
Pansement de Lister.

Deuxième incision de 3 centimètres à la partie supérieure de
la face interne du tibia droit.

L'exostose correspondante est également dégagée avec la
gouge et le maillet. Même pansement, mais ni suture musculaire
ni drain.

L'exostose fémorale était couverte d'une petite bourse
séreuse ; elle était nettement pédiculée, du volume d'une noix,
arrondie, mais à surface mamelonnée et inégale. L'exostose
tibiale était sessile, dépourvue de séreuse à la surface, plus petite
et moins inégale. Les deux tumeurs paraissaient fournir du tissu
spongieux revêtu d'une mince couche de cartilage, qui leur
donne un aspect lisse et uni.

Les suites opératoires furent excellentes et la réunion se fit
par première intention.

Les crins de florence, sauf un, furent enlevés lors du premier pansement le 12 octobre, les deux derniers furent enlevés
le 18 octobre.

Deuxième opération le 3 novembre. — Ablation de l'exostose
siégeant à l'union du corps et de l'extrémité supérieure de l'humérus gauche.

Chloroformisation. Incision de 5 centimètres environ sur la
face antéro-interne du bras, au niveau de la tumeur osseuse.
Celle-ci fut enlevée en deux fragments à l'aide de la gouge et du
maillet. Lavages phéniqués.

Trois points de suture au crin de florence.

Petit drain. Pansement de Lister.

Réunion immédiate sans suppuration.

Le malade quitte l'hôpital le 16 novembre.

Ces exostoses ostéogéniques sont remarquables par leur
nombre, j'en ai compté 22. Il est probable qu'il en existait

d'autres qui, par leur siège ou leur petit volume, ont échappé à l'examen.

Trois mois après cette seconde intervention, M. Polaillon en pratiqua deux nouvelles, la première au niveau de la partie supérieure du péroné droit, la seconde à la partie inférieure et externe du fémur gauche.

Dès ce moment le malade commençait à tousser.

La première hémoptysie arriva il y a 6 mois, la seconde 8 jours à peine avant son entrée à l'hôpital (C'est le 10 mai 1894 que le malade est entré dans le service de clinique chirurgicale à l'hôpital de la Pitié).

A ce moment on pouvait constater tous les signes d'une induration tuberculeuse au sommet des deux poumons.

Examen du squelette :

Crâne. — Rien.

Face. — Rien.

Colonne vertébrale. — Rien.

Côtes. — Exostoses des cinquièmes côtes droite et gauche, de la deuxième côte droite, des neuvième et dixième côtes gauches (signalées précédemment).

A signaler une nouvelle exostose au niveau de la ligne mammaire sur la septième côte.

Sternum. — Rien.

Omoplates. — Rien à l'omoplate droite.

Sur l'omoplate gauche deux nouvelles exostoses ; l'une siégeant au niveau du tiers inférieur du bord axillaire, l'autre sur le bord spinal.

Clavicules. — Rien.

Os iliaques. — Deux exostoses à la partie moyenne des deux crêtes iliaques.

Une nouvelle exostose siégeant au niveau du tiers postérieur de la crête iliaque droite.

Humérus. — Exostose à la partie moyenne et externe de l'humérus droit. Une nouvelle exostose à la partie supérieure et postérieure de l'humérus gauche.

Nous ajouterons que la longueur du bras droit mesuré depuis l'épicondyle jusqu'à l'acromion dans la position anatomique exède de 2 centimètres, la longueur du bras gauche mesuré dans les mêmes conditions.

Radius. — Une exostose vers l'extrémité inférieure des deux radius droit et gauche.

Cubitus. — Rien, ni à droite, ni à gauche.

Main. — Mêmes exostoses que dans l'observation de M. Polaillon.

Fémur. — Le gauche, trois exostoses à la partie inférieure. A droite, deux nouvelles exostoses au niveau du condyle interne et un autre sur le bord postérieur du grand trochanter.

Tibia. — Une exostose volumineuse sur le condyle interne et une nouvelle plus petite à côté de celle-ci.

Une autre à la base de la malléole interne.

A gauche une exostose à la base de la malléole interne. Une nouvelle sur le condyle interne.

Péroné. — A droite, deux nouvelles exostoses, l'une sur le bord antérieur de l'os à 3 centimètres au-dessus de la malléole; l'autre sur le tiers supérieur de l'os.

A droite, trois exostoses nouvelles, l'une grosse au niveau du tiers supérieur de l'os ; les deux autres plus petites au niveau de l'extrémité inférieure.

Os du pied. — Rien.

Ajoutons que des deux côtés existe un léger degré de genu valgum.

On voit donc en somme que, depuis l'observation de M. Polaillon (1891), c'est-à-dire en 3 ans, on a pu constater la présence de plus de 15 exostoses nouvelles, facilement visibles. De plus, l'état du poumon s'est sensiblement aggravé pendant le même temps : nous ajouterons que cette tuberculose pulmonaire a évolué plus vite encore par la suite, et quand le malade a quitté le service, il présentait des signes très nets de ramollissement.

Le 16 mai 1884, M. le Dr Lejars enlève l'exostose située au-dessus du condyle interne du fémur droit, qui était devenu

douloureux et qui provoquait de la gêne de la marche ; la guéri-
son obtenue par première intention sous un pansement iodoformé,
le malade quittait le service.

Observation XI

Exostoses multiples des doigts et des métacarpiens.
Charon (*Annales de la Société belge de chirurgie*, 1896).

L'affection siège exclusivement sur la main gauche. Les
tumeurs ne sont pas congénitales. Raymond M... avait 2 ans et
demi quand ses parents se sont aperçus que la main gauche de
leur fils présentait çà et là de petites tumeurs qui, au début, ne
dépassaient pas la grosseur d'une tête d'épingle.

Les parents sont forts, pleins de santé: le père est le type du
travailleur robuste, à la voix mâle ; il est contremaître aux hauts
fourneaux de Couillet ; il a eu 16 enfants, mais 5 seulement sur-
vivent, jouissant d'une bonne santé, car les tumeurs du jeune
Raymond n'influent en rien sur son état général : l'aîné des
garçons est âgé de 24 ans. Le père M... ne se souvient plus bien
de quelle façon sont morts ses onze autres enfants ; l'un, me dit-il,
fut tué sous une locomotive, le premier né succomba à 3 ans et
demi à une congestion cérébrale (probablement à une méningite
ou à une encéphalite) ; un enfant mourut à 8 ans de phtisie pulmonaire, la plupart des autres succombèrent en naissant ou quand
ils étaient encore au berceau.

Le jeune Raymond présentait 16 exostoses épiphysaires
siégeant à la main gauche.

Suivent la désignation du siège de ces exostoses et quelques
détails sur l'ablation de ces tumeurs.

L'examen microscopique a révélé dans toutes ces tumeurs,
simplement les éléments du tissu osseux normal : des ostéoblastes
et des canalicules de Havers.

Observation XII

Exostoses ostéogéniques multiples.
Levassort (*Journal de médecine,* 1900).

Le jeune homme que je vous présente est âgé de 16 ans. Dans ses antécédents héréditaires je n'ai rien à noter sauf l'arthristisme chez les parents. Un frère est mort de *tuberculose pulmonaire.* Bien que nourri au sein par la mère, cet enfant a eu une première enfance maladive : il souffrait de troubles gastro-intestinaux que rien n'améliorait et n'augmentait pas de poids.

On s'est aperçu qu'il avait des « bosses » vers l'âge de 2 ans. L'an dernier j'ai été amené à examiner ce jeune garçon en détail à l'occasion d'une douleur ressemblant à de la sciatique et manifestement due à une compression dans la région de ce nerf. Ces accidents se sont peu à peu amendés et sans traitement pour ainsi dire.

Ce jeune homme est gêné dans l'exécution de certains mouvements qu'il ne peut exécuter avec autant de précision et de rapidité que ses camarades ; il est maladroit de ses mains et il en résulte une certaine timidité et une démarche un peu traînante. La santé générale ne paraît cependant nullement altérée.

Les radiographies que je vous présente sont dues à l'obligeance de M. Radiguet que je suis heureux de remercier de l'empressement qu'il met à seconder les médecins lorsqu'une radiographie paraît nécessaire pour documenter un cas intéressant.

Les exostoses, ainsi que vous pouvez le constater, sont symétriques ou à peu près, très volumineuses au niveau des articulations scapulo-humérales. Elles siègent au voisinage des épiphyses.

Les os longs sont incurvés, et on peut, je crois, sans crainte d'erreur, rattacher cette surproduction ostéogénique à une manifestation précoce du rachitisme sans préjuger des rapports qu'il présente avec la tuberculose et la syphilis.

Comme traitement médical, il ne me paraît y avoir rien à tenter.

Les compressions douloureuses ou les saillies trop volumineuses, telle que celle qui siège à la face interne de la jambe, peuvent devenir justiciables d'une intervention sanglante.

Observation XIII

Exostoses ostéogéniques multiples.

J. Reboul (*Bulletin médical*, 1899).

Il s'agit d'un jeune homme de 16 ans qui était entré à l'Hôtel-Dieu de Nîmes en octobre 1898, pour se faire débarrasser d'une tumeur développée sur la face palmaire de la première phalange de l'index gauche et qui gênait les fonctions des fléchisseurs et les fonctions de la main. Le père de ce malade a eu à l'âge de vingt ans, une coxalgie terminée par une ankylose; depuis sa trentième année il tousse. La mère, nerveuse, a succombé à un cancer utérin. Le malade est souffreteux depuis sa naissance; pendant sa première enfance il a eu une nourriture vicieuse et prématurée. A l'âge d'un an a apparu la première à l'extrémité externe de la clavicule gauche. Progressivement, les autres exostoses se sont développées; elles sont disséminées sur tout le squelette. On en compte facilement une soixantaine. A l'aide de la radiographie, faite par M. Garcin, qui est présentée, on peut voir les diverses exostoses, leur forme, leur volume, leur point d'implantation juxta-épiphysaire; le plus souvent ces exostoses sont symétriques.

Les plus remarquables siègent sur les côtes, les omoplates, les clavicules, les humérus, les genoux (condyles du fémur, tubérosité tibiale), l'articulation tibio-tarsienne. La plupart de ces exostoses sont indolentes et ont passé inaperçues. Cependant, certaines d'entre elles déterminent des troubles fonctionnels dus à la compression des vaisseaux ou des nerfs.

Les exostoses développées sur la face palmaire des phalanges gênent les mouvements des doigts ; celles de la face interne des humérus paraissent comprimer les nerfs médians et cubitaux. De même aux membres inférieurs, il paraît y avoir des phénomènes de compression des vaisseaux ou des nerfs, se traduisant par des douleurs irradiées, des fourmillements. Les exostoses des vertèbres que révèle la radiographie menacent la moelle et les racines des nerfs rachidiens. En raison de ces localisations, du développement ou de l'accroissement des exostoses, des réserves doivent être faites pour l'avenir de ce jeune homme.

D'après l'histoire de ce malade et d'après son hérédité, il y a eu lieu de considérer ces exostoses comme des manifestations d'une tuberculose latente greffée sur un terrain rachitique.

Observation XIV

Auvray et Guillain (*Archives générales de médecine*, 1901).

M. D..., instituteur, âgé de 28 ans. La mère de ce malade est morte de *tuberculose pulmonaire*, son père est bien portant, deux frères sont morts tuberculeux. Le malade s'est toujours bien porté jusqu'à l'âge de dix-huit ans, époque à laquelle sont apparues, à la partie inférieure des jambes, deux tumeurs dures.

Cinq ou six mois plus tard, de nombreuses petites tumeurs se montrent aux jambes, aux bras... Vers l'âge de vingt ans, cet homme, en se levant un jour, s'aperçut d'une hémiplégie gauche ; le bras, la jambe, la face étaient paralysés. Ces troubles disparurent au bout d'un mois, quoiqu'il subsistât toutefois une légère faiblesse dans le côté gauche du corps. Cette hémiplégie gauche se serait accompagnée de troubles de la sensibilité, lesquels auraient disparu rapidement.

Puis les exostoses sont devenues douloureuses, certaines suppurèrent.

En 1893, le malade fut opéré à l'Hôtel-Dieu par M. Duplay

qui dut extraire de la partie inférieure des deux jambes et de la partie supérieure du bras des séquestres osseux. Plus tard, au médius et à l'index de la main gauche, des exostoses suppurèrent, les deux dernières phalanges s'éliminèrent.

Au mois de novembre 1898, le malade présente sur le corps un grand nombre d'exostoses symétriques. On les voit au-dessus des malléoles, aux condyles du fémur, aux phalanges des deux mains, sur les côtés. Sur une radiographie on put en compter plus de 150.

Chez cet homme existent aussi quelques symptômes de neurasthénie, des troubles de la mémoire, un affaiblissement évident de l'intelligence.

OBSERVATION XV

Exostoses multiples par édifications périostiques survenues chez un tuberculeux pulmonaire.

MAILLAND (*Revue de chirurgie*, 1902).

Louis D..., relieur, âgé de 31 ans, entre le 27 juin 1901 à l'Hôtel-Dieu, service de M. le Pr Poncet. Ce malade désire se faire enlever plusieurs exostoses douloureuses, survenues depuis quelques semaines.

Ses antécédents héréditaires sont les suivants : son père est vivant et en bonne santé ; sa mère est morte à l'âge de quarante-cinq ans, de tuberculose pulmonaire ; il a également perdu un frère qui est mort à l'âge de dix-sept ans de la même maladie.

Personnellement, il s'est toujours très bien porté jusqu'à l'âge de vingt ans. Il a échappé à toutes les maladies infectieuses de l'enfance ; jamais de manifestations rachitiques ou tuberculeuses ; sa croissance s'est effectuée normalement. A l'âge de vingt ans sa santé commença à décliner ; il se mit à tousser et perdit ses forces ; il ressentait fréquemment une faiblesse extrême

dans les jambes, assez marquée parfois pour empêcher complètement la marche.

Cet état durait depuis trois mois sans modifications appré-
ciables, lorsque brusquement il ressentit des douleurs aux deux
membres inférieurs et au membre supérieur gauche.

Ces douleurs, comparables à des piqûres d'aiguilles, surve-
naient surtout la nuit et se manifestaient en des points localisés
des membres atteints. Peu après apparurent aux endroits douloureux de petites tuméfactions très sensibles à la pression. Ces
tuméfactions, dures au toucher, adhérèrent rapidement à la
peau qui s'enflamma. La première était située sur la face interne
du fémur gauche, à un travers de main au-dessus du condyle,
mais, très rapidement, d'autres firent leur apparition et, au bout
de deux mois, il s'en était formé une quinzaine environ.

Toutes étaient douloureuses à la pression et gênaient les
mouvements ; sur la plupart d'entre elles, la peau enflammée
s'ulcéra spontanément en donnant issue à un peu de pus dont il
fut impossible de préciser la nature.

L'état général était toujours peu satisfaisant ; chaque soir la
température s'élevait entre 38° et 39°.

En présence de cet état, un chirurgien de Rouen pratiqua,
sur la demande du malade, l'ablation de toutes ces exostoses.

L'opération ne s'accompagna d'aucune complication immédiate, mais, quinze jours après, se déclara une pleurésie gauche
avec épanchement, mais qui ne fut jamais ponctionnée. Pendant
six mois il fut obligé de rester à l'hôpital, puis, sa santé étant
redevenue normale, il put se livrer de nouveau à ses occupations ;
il avait alors 22 ans.

Pendant les dix années qui suivent, l'état de santé demeura
relativement satisfaisant ; le malade toussait fréquemment, mais
il ne fut jamais obligé de cesser son travail.

Habitudes alcooliques avouées.

Jamais aucune maladie vénérienne.

Début de l'affection actuelle. — Il y a trois mois commen-
cèrent à réapparaître des symptômes exactement semblables à

ceux qui s'étaient manifestés dix années auparavant. Mauvais état général, faiblesse, sueurs nocturnes, inappétence, recrudescence de la toux, puis réapparition de douleurs localisées dans les membres avec les mêmes caractères que la première fois.

Au niveau de chaque endroit douloureux se produisirent bientôt de nouvelles exostoses, mais avec une évolution moins rapide et moins douloureuse que la première fois ; il y eut un peu d'inflammation locale et d'empâtement, mais pas de suppuration, sauf toutefois à l'extrémité de l'index et du médius gauches, où trois exostoses sous-unguéales s'éliminèrent spontanément après ouverture de la peau.

Il ressentait également d'assez vives douleurs à la partie inférieure du rachis, surtout la nuit.

Huit jours avant l'entrée à l'hôpital, le malade avait eu une abondante hémoptysie.

Examen du squelette. — Il existe, disséminées sur les différentes parties du squelette, une vingtaine d'exostoses environ, mais ce chiffre est forcément approximatif, car durant son séjour à l'hôpital, il s'en produisit plusieurs autres ; la plus ancienne date de trois mois environ.

Au moment de l'examen, il y en avait sur les deux tibias, le fémur gauche, les deux humérus, la clavicule gauche, les premières phalanges du médius et de l'index droits. Leur siège sur les différents os est éminemment variable ; quelques-uns sont voisins des épiphyses, mais le plus grand nombre se disséminent irrégulièrement le long des diaphyses ; on distingue facilement les cicatrices consécutives à l'ablation des premières exostoses ; ces cicatrices, au nombre de quinze, sont éparses le long des deux membres inférieurs et du membre supérieur gauche.

Leur volume oscille entre les dimensions d'une noix et celle d'une tête d'épingle en verre.

Elles ont une forme à peu près identique ; sessiles, elles revêtent l'aspect d'un cône ou d'une pyramide adhérant à l'os par une large base et se terminant par une pointe plus ou moins effilée ; la peau glisse mal sur elles et même sur quelques-unes est même complètement adhérente. L'adhérence de la peau est d'autant moins marquée que l'exostose est plus ancienne. Tout autour l'os est absolument normal ; ni douleurs, ni gonflement.

Actuellement, le malade ne souffre pas au repos, par contre, certains mouvements sont très gênés ; la pression au niveau des exostoses est toujours très douloureuse.

A l'exception de ces multiples productions, le squelette ne présente rien d'anormal ; pas d'incurvations, par de déformations d'aucune sorte. Les dents sont saines et régulières, le massif facial et les os du crâne n'offrent aucune particularité.

La mensuration est pratiquée soigneusement ; les proportions avec la taille du sujet concordent avec les conclusions d'Ét. Rollet. Il n'existe également aucune différence de longueur appréciable entre les os symétriques quel que soit le nombre d'exostoses dont ils sont porteurs.

Examen des autres organes. — L'auscultation des poumons indique des signes indubitables d'infiltration tuberculeuse des deux sommets, au deuxième degré.

Le malade crache beaucoup ; sueurs nocturnes abondantes.

La séro-réaction tuberculeuse, pratiquée par M. le Pr agrégé Courmont, donne un résultat positif.

Rien de particulier du côté du tube digestif ; le malade a peu d'appétit, mais il digère facilement ; alternatives fréquentes de diarrhée et de constipation.

Ni sucre ni albumine dans les urines.

Maux de tête fréquents ; on note également un peu d'exagération des réflexes rotuliens, quelques troubles vagues de la sensibilité, mais ces symptômes sont trop peu accentués pour que l'on puisse conclure à l'existence d'une maladie systématisée du système nerveux.

Le malade, de taille moyenne, blond, est un garçon intelligent, répondant parfaitement à l'interrogatoire. Sur sa demande, M. le Dr Delore, assistant de M. Poncet, pratique l'ablation de l'exostose la plus douloureuse, située sur l'humérus, à l'union du tiers supérieur avec le tiers moyen de cet os.

Opération. — Anesthésie à l'éther. Après incision de la peau, la tumeur est mise facilement à nu ; elle est située au-dessous du biceps, qu'elle soulève légèrement, mais avec lequel elle n'a contracté aucune adhérence. L'ablation est faite à la gouge et au maillet.

La tumeur enlevée, cunéiforme, haute d'un centimètre et demi à peu près, présente une base d'insertion de trois centimètres carrés environ. Elle est recouverte d'une couche de périoste normal ; on la partage en deux parties par un trait de scie ; la surface de section montre de l'os dur, mais dense et régulier, sur lequel il est impossible de distinguer à l'œil nu la moindre trace d'ostéite.

Examen histologique. — Pas de cartilage. Le périoste est conservé un peu épaissi, mais non enflammé ; ses fibres viennent se perdre directement dans l'os.

La moelle est tout à fait au repos et presque exclusivement graisseuse.

La table externe est très épaisse avec des systèmes de Havers réguliers, très proches les uns des autres.

Les systèmes de lamelles osseuses intermédiaires avec les systèmes de Havers n'offrent aucune disposition spéciale.

En somme, os régulier, de nouvelle formation, d'origine surtout périostique, sans cartilage. Aucun caractère spécifique.

L'inoculation d'un fragment au cobaye n'a donné aucun résultat.

Observation XVI

Exostoses multiples à tendance suppurative.

P. E. Launois et Roy (*Nouvelle Iconographie de la Salpêtrière*, 1902).

Louis D..., camelot, âgé de 31 ans, est entré à l'hôpital Tenon (salle Barth, lit n° 2) le 24 mai 1902, pour une bronchite chronique. Les phénomènes qui attirent de suite l'attention sont des mutilations spontanées de l'index et du médius de la main

gauche et la présence d'exostoses sur différentes pièces du squelette.

L'interrogatoire du malade nous apprend que son père est
vivant et bien portant, que sa mère est morte de *tuberculose* en
1880, à l'âge de 39 ans, qu'un frère a succombé à la même infection en 1878, à l'âge de 7 ans.

Il n'a jamais entendu dire qu'aucun membre de sa famille ait
présenté des malformations du squelette analogues à celles dont il
est porteur. Lui-même n'a jamais été malade pendant son enfance.

Il a eu un écoulement purulent de l'oreille gauche et ne présente aucune malformation dentaire, aucune trace de kératite.

Après avoir été ajourné deux fois par le conseil de revision,
il fut, la troisième année, incorporé (novembre 1895) dans un
régiment d'infanterie en garnison à Caen, ville dans laquelle il
avait vécu, aidant son père dans un commerce de papeterie.

Après trois mois de service actif bien supporté, il fut détaché,
à Paris, au service de la carte.

L'oisiveté relative de ses fonctions fut pour lui l'occasion
d'excès de tous genres, vénériens et autres ; il buvait par exemple
trois à quatre absinthes par jour, mais nie avoir jamais contracté
la syphilis. A cette époque, ses forces déclinant, il ne tarda pas
à être proposé pour la réforme et à entrer au Val-de-Grâce. C'est
dans cet hôpital qu'on remarqua pour la première fois (mai 1894)
l'existence, dans la partie inférieure de la jambe gauche, de
quelques petites exostoses auxquelles on ne sembla pas d'ailleurs
attacher grande importance.

Rentré dans la vie civile, D... continua ses excès alcooliques,
favorisés par la nouvelle profession de son père qui était venu
s'installer comme marchand de vins à Paris.

Au mois de juin de la même année (1894), les exostoses aug-
mentèrent rapidement de volume.

Le 15 juin, la peau s'étant ulcérée au niveau d'une des saillies
osseuses de la jambe gauche, le malade demande son admission
à l'Hôtel-Dieu et est placé dans le service de M. le Pʳ Duplay,
où il resta pendant six mois. Pendant ce long séjour dans le ser-

vice de clinique chirurgicale, il subit plusieurs opérations avec décollements plus ou moins étendus des parties molles. Nous en retrouvons aujourd'hui les vestiges sous formes de longues cicatrices blanchâtres siégeant à la face interne et externe des membres inférieurs.

La cicatrice qui occupe la paroi externe du creux axillaire est de date plus récente.

Le 5 juillet (1894), après une bonne nuit, le malade se réveille à 7 heures du matin et s'aperçoit qu'il est paralysé, incapable de remuer aucun membre et de descendre de son lit. Il perd ensuite connaissance et demeure pendant deux jours dans un état comateux.

La motilité revient, au bout de ce temps, dans les membres du côté droit ; ceux du côté gauche demeurent, par contre, impotents, tout en conservant les attitudes passives qu'on leur imprime (attitudes catatoniques). En même temps existent et persistent pendant deux mois environ des troubles assez marqués de la parole, se manifestant surtout par les mots d'épreuves.

Ces différents accidents nerveux furent traités par les frictions mercurielles et l'iodure de potassium.

A sa sortie de l'Hôtel-Dieu (janvier 1895) le malade a recouvré l'usage de ses membres ; il traîne cependant encore la jambe droite. Les trajets fistuleux ne tardent pas à se cicatriser complètement.

La plupart de ces renseignements nous ont été confirmés par M. le Dr Demoulin, chirurgien des hôpitaux, alors chef de clinique à l'Hôtel-Dieu.

De 1895 à 1902, D..., ayant émigré en Italie, y mène une existence assez aventureuse, jouant dans les théâtres ou chantant dans les cafés-concerts. Pendant cette période de cinq années, il n'a cependant pas été sérieusement malade. En décembre dernier (1901) des exostoses apparaissent au niveau des troisièmes phalanges de l'index et du médius de la main gauche. La peau s'ulcère peu à peu à leur niveau. En l'espace de deux mois, la cicatrisation se fait progressivement, toutefois elle s'ac-

compagne de la perte des deux phalangettes (amputations spontanées, Pl. XLVI). Ces derniers accidents furent soignés à l'Ar-
chiospedale di San Spirito in Sassia, à Rome.

A son retour en France, il se sent fatigué, souffre d'un point
de côté droit, est tourmenté par une toux quinteuse; voyant ses
forces diminuer, il entre à l'hôpital Tenon.

Le malade présente actuellement un grand nombre d'exostoses
disséminées sur les différents segments du squelette ; elles sont
surtout nombreuses aux membres inférieurs ; les extrémités inférieures des tibias et des péronés sont hérissées de petites saillies
osseuses assez irrégulières, atteignant ou dépassant la grosseur
d'un pois, et néanmoins très perceptibles sous les téguments. Les
extrémités supérieures des mêmes os et la partie inférieure des
fémurs présentent des saillies osseuses similaires qui hérissent les
condyles fémoraux ou tibiaux (fig. 1).

On en trouve encore le long de la crête iliaque, sur les côtes,
sur les clavicules, sur les os des deux mains (métacarpiens et phalanges) sur l'extrémité inférieure des os de l'avant-bras. Dans le
pli cutané qui unit le pouce à l'index du côté gauche, on perçoit
également une petite masse dure du volume d'une lentille.

Les exostoses les plus volumineuses et les plus faciles à sentir
siègent l'une à l'union du tiers inférieur avec le tiers moyen du
radius droit, l'autre à l'union du tiers supérieur avec le tiers moyen
de l'humérus du même côté ; la première a le volume d'une noisette, la seconde celui d'un œuf de pigeon. On n'en retrouve pas
le long de la colonne vertébrale, qui ne présente d'ailleurs aucune
déviation, scoliotique ou autre (fig. 2).

Quant à la main gauche, où se sont produites les amputations
spontanées du médius et de l'index, elle revêt le type observé
dans le panaris analgésique de Morvan ; l'index et le médius, pri-
vés de la plus grande partie de leur 3ᵉ phalange, présentent un
moignon d'amputation régulier, sur lequel on retrouve encore
quelques vestiges de l'ongle (Pl. XLVI).

La radiographie de cette main est des plus démonstratives au
point de vue des mutilations du squelette. Non moins démonstra-

tives sont les épreuves radiographiques du bras droit et des deux jambes. Elles permettent de voir des exostoses plus ou moins volumineuses, groupées non seulement autour des épiphyses, mais encore tout le long de la diaphyse. Au niveau de la partie inférieure et externe de la jambe gauche, on note une disparition complète du péroné sur une étendue de 3 à 4 centimètres.

L'examen radioscopique des autres parties du corps a révélé l'existence d'un assez grand nombre d'autres saillies osseuses, la plupart perceptibles par la palpation. Nous en avons compté jusqu'à 40, mais ce chiffre reste très certainement inférieur à la vérité (Pl. XLVII).

Chez ce malade qui présentait des exostoses multiples, une disparition du péroné gauche, des amputations spontanées de la main gauche, nous avons été amenés à étudier avec soin les troubles de la sensibilité. Il nous a été facile de constater une thermo-anesthésie totale et complète occupant tout le côté gauche du corps, y compris la face.

Cette thermo-anesthésie s'accompagne d'analgésie complète dans la même région.

La sensibilité au tact est presque entièrement abolie dans le côté gauche, sans l'être toutefois d'une façon constante. C'est ainsi que lorsqu'on applique un tube renfermant de l'eau chaude sur la cuisse ou le bras gauches, le malade accuse parfois une sensation analogue à celle que provoquerait le frôlement d'un morceau de papier. Il s'agit là d'une hémianesthésie aux trois modes, plus accusée pour la sensibilité à la chaleur et à la douleur, comprenant la face, cessant régulièrement sur la ligne médiane, mais épargnant néanmoins quelques zones de la face postérieure du même côté gauche du corps. A la plante du pied, à la région lombaire, à la face postérieure de la cuisse, la sensibilité aux trois modes persiste en partie, bien que toujours très obtuse.

De ce même côté on note encore d'autres troubles de la sensibilité objective : hémianesthésie de la langue, diminution de l'acuité auditive, rétrécissement du champ visuel, abolition complète du sens stéréognostique.

Il existe enfin de l'anesthésie de la conjonctive et de l'abolition du réflexe pharyngien, du réflexe nasal, ainsi qu'une zone hystérogène dans la fosse iliaque et sur la face antérieure de la cuisse droite.

Du côté gauche encore , où se seraient produits en 1894, les troubles paralytiques, la force musculaire est notablement diminuée, mais la démarche est normale ; il n'y a pas d'atrophie musculaire, ni de signe de Babinski. Les réflexes tendineux, achilléen, patellaire, du poignet, oléocranien sont exagérés, mais ils le sont d'une manière à peu près égale des deux côtés.

, Comme altérations viscérales, le malade présente tous les saugis d'une *infiltration tuberculeuse du poumon gauche* (craquement au sommet, râles sous-crépitants à la base) sur laquelle nous ne croyons pas devoir insister plus longuement. Il n'y a pas d'expectoration et la recherche des bacilles n'a pu être faite.

Suite de l'observation précédente (personnelle).

Le malade que nous avons eu l'occasion de revoir à deux reprises différentes depuis sa sortie de l'hôpital se trouve dans un état assez satisfaisant.

En l'examinant nous avons noté les modifications suivantes du côté de son squelette.

Les exostoses qui sont signalées dans la première partie de l'observation ont conservé les mêmes caractères. On les retrouve massées aux extrémités inférieures et supérieures des tibias et des péronés. Celles de la partie inférieure du fémur sembleraient, au dire du malade, avoir augmenté de volume. Elles sont parfaitement perceptibles au toucher.

Les tumeurs osseuses de la crête iliaque, des clavicules, des côtes, n'ont subi aucun changement. Nous avons retrouvé de même celles qui existaient sur les os de la main et vers l'extrémité inférieure du cubitus et du radius.

Les deux plus volumineuses, celles du tiers moyen du radius

droit et celle de l'humérus correspondant ne sont pas modi-
fiées. Sur le bras gauche, par contre, nous avons trouvé deux
exostoses de nouvelle formation, l'une est située vers le tiers inférieur de l'humérus, l'autre au niveau du col du radius du même
côté.

Les troubles de la sensibilité sont les mêmes qu'au début :
thermo-anesthésie et analgésie de tout le côté gauche : les
stigmates hystériques, l'exagération des réflexes sont iden-
tiques.

Enfin l'auscultation du poumon nous indique que les lésions
primitives sont demeurées localisées à la plèvre et qu'elles n'in-
téressent que superficiellement le poumon gauche.

L'expectoration fait défaut et la tuberculose semble demeurer
stationnaire.

Observation XVII

Exostoses multiples ostéogéniques.

Lenglet et Mantoux (*Société de Pédiatrie de Paris*, 1902).

Marcelle G..., âgée de 11 ans 1/2, entre le 9 novembre 1902
à l'hôpital Broca, dans le service de notre maître M. Brocq pour
une kératodermie palmaire et plantaire symétrique. Au début du
mois de juillet la petite malade a ressenti au niveau des plantes
d'assez vives démangeaisons : puis en août, démangeaisons au
niveau des paumes.

Pas de sudation exagérée. La peau des plantes et des paumes
était, avant le début de l'affection, tout à fait lisse et fine. Elle a
commencé à s'épaissir et à se crevasser.

Lors de l'entrée de l'enfant à l'hôpital, on constate au niveau
des paumes une hyperkératose légère, prenant toute la surface
palmaire d'une façon diffuse.

Elle est surtout sensible au niveau des plis, qui se marquent
par un double sillon blanchâtre ou jaunâtre, ailleurs elle est sur-

tout appréciable à la palpation qui fait sentir l'épaississement et le peu de souplesse des téguments.

Elle s'accompagne d'une rougeur diffuse de toute la main, avec élévation de la température. Légère hyperhydrose.

Aux plantes, lésions tout à fait comparables à celles des paumes. Érythème, hyperkératose diffuse plus accentuée au niveau des plis avec, à leur niveau, quelques crevasses.

Ces lésions sont le siège d'un léger prurit: les crevasses sont un peu douloureuses.

Disons tout de suite que ces lésions s'amendèrent rapidement sous l'influence de pommades à l'ichthyol et à l'oxyde de zinc et passons au point qui nous intéresse plus particulièrement: aux exostoses.

Ces exostoses ont un volume qui varie de celui d'un pois jusqu'à celui d'un gros marron. Elles sont réparties sur les côtés, le sternum, la ceinture scapulaire, les os du membre supérieur et ceux du membre inférieur.

Beaucoup sont sessiles ; d'autres ont la forme de véritables aiguilles osseuses s'implantant par un pédicule assez mince.

La colonne vertébrale, le bassin, les os du crâne et de la face sont respectés.

Sur les côtes, petites exostoses réparties à droite sur les 4ᵉ, 5ᵉ, 6ᵉ, 7ᵉ et 8ᵉ, à gauche sur les 5ᵉ, 6ᵉ et 7ᵉ seulement. Elles s'étagent sur une ligne courbe à concavité postéro-supérieure qui commence un peu en dehors de la ligne mamillaire et va aboutir à la ligne axillaire antérieure.

Sur le sternum, petite exostose au niveau de l'articulation de la 1ʳᵉ côte.

Sur les clavicules, petites exostoses au tiers interne du bord supérieur.

Les omoplates portent sur leur épine et au niveau de leur angle plusieurs exostoses arrondies qui atteignent la grosseur d'une noisette.

Les humérus portent des exostoses assez volumineuses au

niveau du col chirurgical, sur les faces interne et externe de l'os.

Les radius portent de petites exostoses un peu au-dessus de l'interligne articulaire radiocarpien, sur leurs faces antérieures et postérieures.

Le cubitus gauche présente une exostose à la face antérieure de son extrémité inférieure.

En outre les deux cubitus ont subi un arrêt de développement : la pointe de leur apophyse styloïde est à environ 8 centimètres au-dessus d'une ligne horizontale passant par l'apophyse styloïde du radius.

En conséquence de cette malformation, la main est assez fortement déjetée en dedans : le pli radiocarpien, au lieu d'être horizontal, est oblique en haut et en dedans, les mouvements d'abduction de la main sont impossibles.

Quelques-uns des doigts présentent au niveau de leur première phalange, face dorsale, de petites exostoses.

Exostoses volumineuses à l'extrémité supérieure du tibia et à l'extrémité inférieure du fémur, petites exostoses au niveau des malléoles.

La colonne vertébrale est légèrement déviée du côté gauche dans la région dorsale inférieure.

Courbure de compensation à peine marquée dans la région lombaire.

Aplatissement léger des côtes du côté droit.

Ces exostoses ne sont aucunement douloureuses et ne gênent pas la petite malade.

Elles ont été remarquées pour la première fois lorsque l'enfant avait quatre ans. Aucun renseignement sur leur ordre d'apparition, ni sur la rapidité avec laquelle elles ont crû.

L'enfant, née à terme, a été élevée au sein jusqu'à trois mois, puis au biberon. Elle a marché à treize mois.

Rougeole dans la première enfance, scarlatine à huit ans, rhumes assez fréquents.

L'enfant est un peu petite ($1^m,22$ au lieu de $1^m,29$, taille

normale d'un enfant de son âge d'après les tableaux de Quételet),
mais bien proportionnée.

L'examen des divers organes est négatif, on note seulement
de la polymicro-adénopathie. Le père de l'enfant est bien portant,
la mère tousse et a eu à plusieurs reprises des hémoptysies. Un
frère et une sœur plus jeunes sont bien portants.

Aucun membre de la famille, ascendant ou collatéral, n'a
présenté d'exostoses.

Plusieurs radiographies ont été faites. Elles ont confirmé les
données fournies par l'examen clinique sur le siège et la forme
des exostoses. Elles ont en outre permis d'étudier l'arrêt de
développement et les déformations cubitales, ainsi que l'état des
cartilages inter-épiphyso-diaphysaires.

Le cubitus gauche présente une exostose considérable faisant
saillie dans l'espace interosseux, exostose qui se prolonge jusqu'à
son extrémité et le déforme complètement ; l'épiphyse est complètement soudée à la diaphyse, on ne distingue pas la zone de
soudure.

Le cubitus gauche présente une exostose formant une saillie
considérable dans l'espace interosseux ; elle se prolonge jusqu'à
son extrémité : celle-ci est séparée par un espace de plus de 2
centimètres de la première rangée des os du carpe.

Il est impossible de distinguer l'épiphyse de la diaphyse.

Le cubitus droit, beaucoup moins épaissi, présente également
une épiphyse complètement soudée à la diaphyse.

Il se termine en pointe mousse, et l'extrémité de cette pointe
est séparée par un intervalle de 2 centimètres de la première rangée des os du carpe.

Les cartilages inter-épiphyso-diaphysaires de l'extrémité inférieure du radius sont à peu près complètement ossifiés : cette
ossification se fait d'une façon très irrégulière, du côté gauche on
distingue l'ombre d'une lame osseuse qui s'attache en dehors
par sa face inférieure, en dedans par sa face supérieure à la diaphyse.

A droite la partie externe de l'espace inter-épiphyso-diaphysaire reste claire, la partie interne seule est effacée par l'ombre de la soudure osseuse.

Aux autres épiphyses, notamment à celles du membre inférieur, on reconnaît les volumineuses exostoses que nous avons signalées; mais partout les cartilages inter-épiphyso-diaphysaires sont conservés et présentent, comme nous avons pu nous en assurer en comparant avec des radiographies faites sur des sujets normaux, leur disposition et leur épaisseur normales.

CONCLUSIONS

—

1° A l'état normal, pendant la formation et le développement du squelette, le périoste prend part à l'ossification (ossification périostique, Du Hamel, Flourens); par sa couche ostéogène il assure le développement des os en épaisseur (Ollier) ;

2° Sous l'influence de certains agents morbides (infection par le bacille d'Eberth, par le bacille de Koch), le périoste, même chez l'adulte, peut récupérer son activité ostéogénique, aussi bien que sous l'influence d'irritation traumatique ;

3° Des exostoses multiples, d'origine périostique s'observent chez les tuberculeux ;

4° Elles semblent être sous la dépendance d'un virus tuberculeux atténué ;

5° Elles peuvent, dans certains cas, aboutir à la suppuration.

BIBLIOGRAPHIE

—

Arloing. — Leçons sur la tuberculose.

Auvray et Guillain. — *Archives générales de médecine,* 1901.

Bessel Hagen. — *Arch. f. ch.,* 1891.

Bichat. — *Anatomie générale.*

Bontemps. — *Bull. Soc. de médecine d'Angers,* 1887.

Boiteux. — *Bull. Soc. anatomique,* 1880.

Broca. — Traité des tumeurs.

Boyer. — Traité des maladies chirurgicales, t. III, 1814.

Bricon et Dauge. — *Progrès médical,* 1884.

Brun. — *Thèse,* Paris, 1892-93.

Chaboux. — *Normandie médicale.* Rouen, 1890.

Charcot. — *Leçons du Mardi,* 1887-88.

Charon. — *Annales de la Soc. belge de chir.,* 1896.

Cottet et Morestin. — *Bull. de la Soc. anatomique,* 1894.

Déjerine. — Traité de pathologie générale, t. V.

Dictionnaire de médecine et de chir. pratiques, article Os.

Dictionnaire des sciences médicales, article Os.

Dieulafoy. — Manuel de pathologie interne, t. IV.

L. Dor. — *Thèse,* Lyon, 1891-92.

Ducrest. — Mém. de la Soc. d'observation, 1844.

Duplay et Reclus. — Traité de chirurgie, t. III.

Dupuytren. — Leçons orales, t. III, 1833.

M. Duval. — Précis d'histologie.

Flourens. — Théorie expérimentale de la formation des os 1847.

Gerdy. — Traité de chirurgie pratique, 1836.

Du Hamel. — Hist. de l'Académie de Paris, 1741 à 43.

— Journal de Vandermonde. Lettre à Bonnet, 1757.

Clapton Havers. — Novæ observat. de ossibus, 1734.

Heine (Bernard). — Expériences sur la régénération des os, 1832.

Heymann. — Wirchow's Archiv, 1886 et 1892.

Kirmisson. — Traité de chirurgie (Duplay et Reclus).

— Leçons cliniques sur l'app. locomoteur, 1890.

— Les difformités acquises de l'app. locomoteur, 1902.

Kölliker. — Éléments d'histologie humaine.

Lannelongue et Comby. — Archives de médecine, 1879.

Lapasset. — Thèse, Paris, 1883.

Latour. — Thèse, Lyon, 1899-1900.

P.-E. Launois et Roy. — Nouvelle Iconographie de la Salpê-trière, 1902.

Le Clerc. — Traité des maladies des os, 1706.

Ledouble et Chambard. — Bull. Société anatomique, 1875.

Lejars. — Leçons de chirurgie de la Pitié, 1893-94.

Lenglet et Mantoux. — Bull. Soc. de Pédiatrie, 1902.

Levassort. — Journal de médecine de Paris, 1900.

Leydig. — Traité d'histologie, 1866.

Mailland. — Revue de chirurgie, 1902.

Mauclaire. — Traité de chirurgie (Le Dentu et Delbet).

Michel. — Dictionnaire encyclopédique.

A. Moreau. — Bull. Soc. anatomique.

Ollier. — Du périoste au point de vue physiologique et chirur-gical.

— Gazette hebdomadaire de médecine, 1865.

— Traité expérim. et clinique de la régénérat. des os, 1867.

— Régénération des os et résections sous-périostées.

Oulmont. — Rev. médicale photog. des hôpitaux de Paris, 1874.

Pangeun. — Thèse, Paris, 1873.

Pasteau. — *Bull. Soc. anatomique,* 1894.

Petit. — Traité des maladies des os, 1735.

Poncet. — *Encylopédie internat. de chirurgie,* 1885.

Poulet. — *Bull. Société de chirurgie,* 1883.

Poumeau. — *Thèse,* Paris, 1895.

Reboul. — *Bulletin médical,* 1899.

Reinicke. — *Beiträge zur klid. Chir.,* 1891.

Retterer. — *Comptes rendus hebdomadaires des séances et mémoires de la Soc. de biologie,* 1886.

Ribell. — *Thèse,* Paris, 1823.

Royer. — *Thèse,* Paris, 1892-93.

Rubinstein. — *Berl. klin. Woch.,* 1891.

Tordeus. — *Cliniques.* Bruxelles, 1893.

Trélat. — *Cliniques chirurgicales,* 1891.

Troja. — De novorum ossium regeneratione, 1775.

Albert-Weil. — *Progrès médical,* 1902.

Villemin. — *Revue internationale de médecine et de chirurgie,* 1902.

www.ingramcontent.com/pod-product-compliance
Ingram Content Group UK Ltd.
Pitfield, Milton Keynes, MK11 3LW, UK
UKHW022321070726
13614UKWH00002B/883